KB078474

무정도 情刀

임영기 新무협 판타지 소설

무정도 9

임영기 新무협 판타지 소설

초판 1쇄 찍은 날 § 2014년 1월 27일
초판 1쇄 펴낸 날 § 2014년 2월 3일

지은이 § 임영기
펴낸이 § 서경석

편집부장 § 권태완
편집책임 § 박가연

펴낸곳 § 도서출판 청어람
등록번호 § 제1081-1-89호
등록일자 § 1999. 5. 31
어람번호 § 제2-2458호

주소 § 경기도 부천시 원미구 부일로 483번길 40 서경B/D 3F (우) 420-822
전화 § 032-656-4452팩스 § 032-656-4453
http://www.chungeoram.com
E-mail § chungeorambook@daum.net

ISBN 978-89-251-3695-0 04810
ISBN 978-89-251-3463-5 (세트)

무정도 情刀

임영기 新무협 판타지 소설

FANTASTIC ORIENTAL HEROES

9

악몽(惡夢)

目次

第八十四章

졸난변통(猝難變通)

―뜻밖에 일을 당하여 조처할 방도가 없다

'그자가 어디로 갔지?'

은조는 천절성군을 놓치고는 그 자리에 멈춰서 당황하여 주위를 두리번거렸다.

그녀가 칠팔 장 거리를 유지한 상태에서 미행하고 있던 천절성군이 조금 전 사거리에서 물결처럼 넘실거리는 행인들 속으로 스며드는 것 같더니 감쪽같이 사라져 버렸다.

은조 생각에는 그가 미행을 눈치챈 것이 아니라 대로에 행인이 너무 많고 또 들킬까 봐 거리를 너무 멀찌감치 벌려서 그런 것 같았다.

'눈치챈 것은 아니겠지?

그녀는 어디에 있는지도 모르는 천절성군에게 발각될 수도 있다는 염려에 대로변의 골목 어귀로 들어간 후에 고개를 살짝 내밀고 대로의 좌우를 살폈으나 어디에서도 천절성군의 모습은 보이지 않았다.

더 찾아봤자 소용이 없다고 판단한 그녀는 즉시 골목 안으로 달려 들어가다가 번쩍 허공으로 신형을 날려 경공술을 전개하여 지붕 위를 쏘아가기 시작했다.

천절성군이 가려는 곳이 혹시 천은루라면 그곳으로 먼저 가서 소년소녀들을 피신시켜야겠다는 생각이다.

설마 그러지 않기를 바라지만 만약 천절성군의 목적이 천은루의 소년소녀들이라면 정말 큰일이다.

천절성군은 당금 강호에서 몇 되지 않는 최고 배분이며, 수많은 강호인이 본보기로 삼고 있는 대협에 성인군자라고 할 수 있다.

그런 그가 아무런 죄도 없는 일개 소년소녀들에게 해코지를 할 것이라고는 생각하지 않는다.

하지만 쾌도비가 가끔 사용하는 말 중에서 '세상일이란 무슨 일이 벌어질는지 아무도 모른다' 는 것처럼, 천절성군이 무슨 생각을 하고 있을지는 짐작조차도 할 수가 없으므로 미리 방비를 하는 것이 좋다.

천절성군이 자신의 딸과 제자인 영호빈과 백무평을 이끌고 북경에 온 목적은 아마도 또 다른 제자인 흑창사비 용연풍을 죽인 쾌도비에게 복수를 하려는 것인 듯하다.

그런데 복수는커녕 오히려 영호빈과 백무평이 자신의 눈앞에서 처참하게 죽는 광경을 목격했으니, 제아무리 성인군자인 천절성군이라고 해도 눈이 뒤집히고 이성을 잃는 것이 무리가 아닐 것이다.

그러고 보면 사람끼리 살아가는 모든 일이 인연으로만 이어지는 것 같다고 해도 지나친 말이 아니다.

부모의 인연과 형제의 인연, 친구의 인연, 연인의 인연, 그리고 그밖에도 수많은 인연이 있다.

돌이켜 생각해 보니 인연이란 참으로 묘한 구석이 있다. 선연(善緣)이면 평화와 행복으로 이어지고, 악연(惡緣)이면 증오와 복수가 충돌한다.

그러나 선연이 계속 선연으로만 이어지지는 않으며, 악연이 영원히 악연일 수는 없는 것 같다.

살다 보면 선연이 악연으로 변하고 다시 악연이 선연으로 탈바꿈하는 경우가 비일비재하다.

사람의 인정이라는 것이 마치 번운복우(飜雲覆雨), 손바닥을 위로 하면 구름이 일고, 아래로 향하면 비가 내린다는 말처럼, 인간관계의 변함이 무쌍하여 언제 어떻게 될지 모르는 일이다.

하물며 은조와 쾌도비의 일만 봐도 그렇지 않은가. 오늘 아침까지만 해도 두 사람은 사람들이 부러워하는 금슬 좋은 연인에 다름 아니었으나, 쾌도비가 우령과 미령을 건드렸다는 사실을 알고 나서는 둘 사이가 크게 금이 갔다. 그렇듯 선연이 악연으로 변하는 것은 순식간의 일인 것이다.

그리고 그 인연을 결정하는 것은 사람이다. 그 당시의 결정에 따라서 인연이 선연도 되고 악연도 되는 것이다.

은조는 천절성군이 대로를 따라서 걸어오고 있는 중이라면 경공술을 전개한 자신이 훨씬 먼저 천은루에 당도했을 것이라 여겼다.

그런데 그녀가 천은루에 도착했을 때 주루에도 뒤쪽 집에도 소년소녀들이 아무도 보이지 않았다.

천절성군이 언제 들이닥칠지 모르는 상황이라서 샅샅이 살피지는 못했으나, 아홉 명이나 되는 소년소녀가 아홉 톨의 좁쌀도 아니고 대충 한 번 둘러봐서도 눈에 띄지 않으면 없는 것이 분명하다.

집안은 방금 전까지만 해도 사람이 머물고 있던 흔적이 여기저기에 역력했으므로 은조는 이들이 갑자기 사라진 것이라고 판단했다.

그렇지만 천절성군이 아이들을 데려갔을 것이라는 생각은 들지 않았다.

그가 경공술을 전개했다면 모르지만 십중팔구 행인이 많은 대로를 따라서 오고 있기 때문에 은조가 훨씬 빨리 도착한 것이 분명하다.

더구나 천절성군 혼자서 아홉 명이나 되는 소년소녀를 강제로 그 짧은 시간에 끌고 감쪽같이 사라졌다는 것은 불가능한 일이다.

거기까지 생각한 은조는 급히 그곳을 벗어나서 대로의 먼 곳 골목 어귀에 몸을 숨긴 상태로 천절성군이 나타나기를 잠시 기다려 보기로 했다.

과연 일다경쯤 지나자 대로 저쪽에서 천절성군의 모습이 나타나더니 주위를 두리번거리면서 오다가 천은루를 발견하고 걸음을 멈추었다.

그 광경을 보면 그는 천은루에 용무가 있으며 영호빈이나 백무평에게 천은루에 대해서 들었던 것이 분명하다.

그는 천은루가 영업을 하지 않는다는 것을 알아차리고 주루 옆에 난 골목을 통해서 주루 뒤쪽 집으로 향했다.

그러나 잠시 후에 다시 골목 밖으로 나와서 주위를 둘러보고 또 한동안 서서 뭔가 생각하는 듯하더니 왔던 길로 다시 걸음을 옮겨 곧 사라졌다.

그걸 보면 그가 천은루의 소년소녀들을 데려가지는 않은 것 같았다.

은조가 골목 어귀에 서서 천절성군이 사라진 방향을 응시하며 생각에 잠겨 있을 때, 뒤쪽에서 누군가 다가오는 기척을 감지하고 급히 몸을 돌리며 공격할 자세를 갖추었다.

하지만 다가오고 있는 사람이 변장을 한 북황고수인 것을 확인하고는 자세를 풀었다.

"소저, 쾌 소협께서 우령을 구했다는 소식입니다. 쾌 소협은 소요장으로 가셨습니다."

"그래요?"

은조는 기쁜 표정을 지으면서도 한편으로는 쾌도비가 우령을 구해서 자신에게 오지 않고 곧장 소요장으로 갔다는 것이 마음이 쓰였다.

'쾌 랑은 그 일 때문에 날 어려워하시는 거야.'

"곧 철황이 소저를 모시러 올 겁니다."

북황고수의 말에 은조는 마음이 더 무거워졌다. 쾌도비가 혼자 우령을 데리고 소요장에 갔다가 은조를 태워오라고 철황을 보냈기 때문이다.

쾌도비가 저지른 잘못은 은조의 마음을 많이 아프게 만들었다. 수하들과 그런 짓을 저지르다니 있을 수도 있어서도 안

되는 일이다.

그러나 은조는 주루에서 그를 기다리고 있는 동안 많은 생각을 했으며 결과적으로 그를 용서하기로 마음먹었다.

아니, 용서하지 않을 수가 없다. 처음에 그 말을 들었을 때에는 그에 대한 실망과 배신으로 이루 말할 수 없이 마음이 아파서 이별까지도 생각을 해봤었으나 그런 생각을 하자마자 심장이 덜컥 내려앉았다.

과연 그를 떠나서 내가 살아갈 수 있을까? 하고 자문해 봤을 때 자신이 없었기 때문이다.

그리고는 자신이 그를 너무도 사랑하고 있어서 그를 떠나서는 아무것도 할 수 없을뿐더러 자신의 존재 자체가 무의미하다는 사실을 깨달았다.

말 그대로 죄는 미워도 그를 미워할 수는 없게 된 것이다. 그래서 그를 용서하기로 마음을 먹었었다. 그것이 자신을 위하는 길이기 때문이다.

그런데 그는 그녀의 마음도 모른 채 죄의식에 빠져서 제멋대로 행동하고 있다.

'다시는 그런 짓을 하지 못하게 할 거야.'

그녀는 태어나서 처음으로 질투와 독한 마음이라는 것을 먹어보았다.

하지만 쾌도비가 이미 정을 통한 우령과 미령을 어떻게 해야 할지는 아직 결정을 내리지 못했다.

그녀들을 내치는 것은 그동안의 정으로 미루어 생각할 수도 없는 일이고, 벌을 내리자니 잘못은 쾌도비가 더 큰데 그녀들만 벌할 수도 없는 일이다.

그렇다고 모른 체하고 그냥 넘어가자니 체한 것 같고 또 은조의 성격하고도 맞지 않는다.

그녀는 북황고수에게 조금 전 자신이 겪었던 일, 즉 천절성군과 천은루의 소년소녀들이 사라진 것에 대해서 설명을 해 주고 알아보라고 부탁했다.

그러고 나서 하늘을 올려다보니 까마득한 허공에 작은 점, 즉 철황이 정지비행을 하면서 떠 있는 것이 보였다.

"철황아."

그녀가 속삭이듯이 나직이 부르자 철황은 곤두박질치듯이 내려꽂혔다가 그녀를 태우고 순식간에 서남쪽 하늘로 훨훨 힘차게 날아갔다.

철황이 소요장 마당에 내려앉자마자 은조는 급히 내리면서 배웅 나와 있는 미령에게 물었다.

"우령은 어디에 있느냐?"

미령은 크게 흥분하고 또 기쁜 나머지 눈물을 흘리면서 대답하며 전각으로 안내했다.

"큰언니 방에 모셔놨어요."

그녀는 우령이 살아서 돌아왔다는 사실이 기쁜 나머지 말이 많아졌다.

"둘째 언니가 살펴봤는데 자금성에서 치료를 잘했는지 생명에는 지장이 없을 거래요."

"쾌 랑은 어디에 계시느냐?"

은조가 전각으로 들어서며 묻자 미령은 고개를 가로저었다.

"쾌 랑이 어디에 계신지 잘 모르겠어요."

그랬다가 미령은 자신이 쾌도비를 '쾌 랑'이라고 호칭했다는 사실을 깨닫고 움찔했다.

은조는 그녀를 치도곤 내주고 싶은 마음이 울컥 들었으나 그보다는 우령을 살펴본 후에 쾌도비를 먼저 만나고 싶어서 참았다.

'설마……'

은조는 망연자실한 표정으로 마당에 우두커니 섰다.

그녀는 우령에게 잠깐 들러 살펴보고 나서 쾌도비가 어디에 있는지 찾아봤는데 소요장 어디에도 그의 모습은 보이지 않았다.

자꾸만 불길함이 엄습했다. 어쩌면 쾌도비가 자책감 때문에 훌쩍 떠났을지도 모른다는 생각이 들었다.

'답답해서 산책이라도 가셨을까?'

그와 하룻밤을 보냈을 뿐인데 영락없는 지아비로 여겨지는 터에 그녀는 아내가 남편을 걱정하듯 초조했다.

그저 몸을 섞는 것, 즉 정사였을 뿐인데 그것을 한 것과 하지 않은 것의 차이가 실로 엄청났다.

그전에는 단지 그를 죽을 때까지 사랑해야지 하는 마음이었으나 그 이후인 지금은 그가 없으면 절대로 안 되는 내 삶 자체, 내 인생의 목표가 돼버렸다.

그가 어디에 갔는지도 모르는 채 막연하게 기다리고 있을 수도 없고, 또 무작정 찾으러 나갔다가 서로 엇갈릴 수도 있다는 생각에 은조는 발을 동동 구를 뿐이다.

그러다가 문득 무슨 생각이 난 그녀는 허공을 향하고 철황을 불렀다.

"철황아."

스으······.

순간 철황이 유령처럼 그녀의 앞에 날아내렸다.

"너 쾌 랑이 어디에 계신지 찾을 수 있느냐?"

구우······.

철황이 크게 머리를 끄떡이며 나직이 울자 은조는 기쁜 표정으로 급히 철황 등에 올라탔다.

"철황아, 쾌 랑이 계신 곳으로 가자."

은조는 저 멀리 아래쪽에 영정하가 굽이굽이 흐르고 있는 광경을 보면서 적잖이 놀랐다.

영정하는 소요장에서 서남쪽으로 오십여 리나 멀리 떨어진 곳에 흐르는 강인데, 쾌도비가 짧은 시간에 이렇게 멀리까지 왔다는 사실이 놀라웠다.

대체 무엇이 그로 하여금 이렇게도 빨리 소요장을 떠나게 만들었는지 모를 일이다.

슈우―

철황이 영정하의 어느 포구를 향해서 급전직하 수직으로 하강하고 있을 때, 은조는 가장 마지막으로 배에 타려고 하는 쾌도비를 발견하고 즉시 몸을 날렸다.

그가 타려고 하는 배에는 이미 수십 명이 타고 있었으며, 사공이 배를 출발시키려 하고 있었다.

척!

하늘에서 뚝 떨어진 그녀는 배에 올라타자마자 사람들을 헤치고 쾌도비에게 다가가며 불렀다.

"여보!"

뒤돌아 서 있는 쾌도비의 큰 몸집이 움찔하고 떨리는 것이 아프게 은조의 시야로 파고들었다.

쾌도비가 천천히 돌아섰다. 다른 사람들은 때 아닌 아침 소란에 모두 은조를 쳐다보았다.

은조를 바라보는 쾌도비의 얼굴에 괴로움이 설핏 떠올랐다. 은조는 그가 자신을 보면서 괴로워한다는 사실이 또한 괴로웠다.

사람들이 마주 서 있는 쾌도비와 은조에게서 물러나며 공간을 만들어주었다.

"여보, 가지 마세요."

울려고 한 것이 아닌데, 그렇게 말하는 은조의 눈에서 눈물이 쏟아졌다.

쾌도비가 그녀를 뿌리치고 떠날 수도 있다는 생각이 드니까 가슴이 조각조각 찢어져서 흩어지는 것만 같아서 견딜 수가 없었다.

쾌도비는 마음이 그지없이 착잡했다. 울 사람은 은조가 아니라 그 자신이다.

그리고 용서해 달라고 빌어야 할 사람도 그이기에 그녀의 눈물이 가슴을 저몄다.

은조는 더욱 눈물을 흘리면서 자신의 진심과 온 마음을 담아서 말했다.

"당신을 사랑해요. 당신 없이는 못 살아요."

빙 둘러선 사람들 사이에서 감탄과 탄식이 새어 나왔다. 그들은 사랑한다고, 당신 없이는 못 산다고 흐느끼면서 애원하는 여자가 북어의 여의천비라는 사실을, 복잡한 표정으로 서 있는 사내가 무정도라는 사실을 꿈에도 모른 채, 그저 선녀처럼 아름다운 절색미녀와 천신처럼 멋진 사내의 애틋한 사랑에 넋을 잃고 있었다.

이윽고 쾌도비는 천천히 걸음을 옮겨 은조에게 걸어가 멈추고 착잡하게 중얼거렸다.

"나 같은 놈을 사랑한다는 말인가?"

"천하에서 천첩을 가장 사랑해 주시는 분이 바로 당신이 아니신가요?"

"그건 맞다."

"그렇다면 사랑의 이름으로 용서할 수 없는 것이 과연 존재하나요?"

"나는……."

쾌도비는 천벌이 이미 내려졌다는 사실을 깨달았다. 은조의 사랑과 용서가 바로 천벌이다.

그는 이후 죽을 때까지 오늘의 일을 잊지 못하고 그녀를 온몸과 온 마음으로 사랑하게 될 터이다. 그것이 바로 은조가 내린 사랑의 천벌이다.

그때 선실 위쪽에 우뚝 선 배의 우두머리가 쾌도비를 굽어보면서 우렁차게 외쳤다.

"거기 잘생긴 무사분이 배에서 내리지 않으면 출발하지 않을 거요!"

선녀처럼 아름다운 여자의 청을 받아들여서 함께 배에서 내리라는 무언의 협박이다.

이윽고 쾌도비는 한 걸음 더 다가서며 두 팔을 벌렸고, 은조는 기다렸다는 듯이 그의 품으로 뛰어들었다.

두 사람이 서로를 힘껏 포옹하자 둘러선 많은 사람이 기다렸다는 듯이 일제히 환호성을 지르며 박수를 쳤다.

"와아—! 훌륭한 한 쌍이오!"

"와아아! 죽을 때까지 행복하시오!"

"아이고! 내가 눈물이 다 나네!"

쾌도비와 은조는 소요장으로 돌아가지 않았다. 은조가 천절성군에 대해서, 그리고 천은루의 소년소녀 아홉 명이 감쪽같이 사라졌다는 말을 해주었기 때문에 두 사람은 그 길로 곧장 북경 성내로 들어갔다.

은조를 철황에 태운 상태로 놔두고 쾌도비 혼자만 천은루 옆의 골목을 향해 뛰어내렸다.

그는 거침없이 집안으로 들어가서 이 방 저 방 샅샅이 둘러보았다.

은조 말대로 집안에 벌어진 광경은 소년소녀들이 일상생

활을 하다가 갑자기 증발한 것처럼 보였다.

단서가 될 만한 것은 아무것도 없었다. 다만 전혀 반항을 한 흔적이 없으므로 소년소녀들이 자발적으로 이 집을 나갔거나 아는 사람을 따라 나갔다고밖에는 생각할 수가 없는 상황이다.

언제 어디로 갔는지 그리고 언제 돌아올 것인지 전혀 알 수가 없다.

쾌도비가 생각하기에 천절성군이 천은루에 왔던 이유는 소년소녀들을 이용하여 그를 찾아내려고 했던 것이 분명하다. 그것 말고는 달리 생각할 것이 없다.

영호빈과 백무평은 맹탁과 소아를 죽이고 군아를 납치했는데 그 아비 역시 소년소녀들을 이용하려고 들다니 골수까지 썩어빠진 자들이다.

그는 텅 빈 집에 더 있어봤자 소용이 없으므로 과연 이게 어떻게 된 일인지 골똘히 생각을 하면서 골목으로 나가려고 마당을 건너 문으로 향했다.

[귀하의 이름이 혹시 하운(河雲)이 아니오?]

그때 마치 한줄기 바람이 불어와서 머리카락을 흩날리는 것처럼 조용한 전음이 전해졌다.

쾌도비는 움찔했다가 즉시 마당 한쪽 구석 쪽의 세 그루 나무 중에 가운데 나무를 쏘아보았다.

전음이 들려오는 즉시 공력을 일으켰고 그와 동시에 나무 뒤에서 흐릿한 기척을 감지했다.

그러나 만약 암중의 인물이 전음을 보내지 않았다면 그곳에 누가 있는지 전혀 의심하지 않았을 것이다.

또한 암중의 인물이 악한 마음을 품고 급습이라도 가했다면 쾌도비로서는 곤란한 상황에 처하고 말았을 것이다. 그로 미루어 암중인은 대단한 고수가 분명하다.

슥—

쾌도비가 가운데 나무를 쏘아보며 움직이지 않고 대답도 하지 않자 잠시 후에 나무 뒤에서 한 사람이 천천히 걸어서 나왔다.

아래위 깨끗하고 산뜻한 백의 단삼을 입은 이십대 후반의 사내이며 어깨에는 한 자루 무기를 메고 있는데 손잡이가 흰 천에 감싸 있어서 도인지 검인지 알 수가 없다.

갸름하면서도 강단이 있어 보이고 깐깐한, 그러면서 햇볕에 잘 그을린 제법 준수한 용모의 청년이다.

청년은 공격할 의사가 없다는 듯 두 팔을 약간 벌려 보이면서 여유 있는 걸음으로 천천히 걸어와 쾌도비 다섯 걸음 앞에 마주 보고 멈추었다.

쾌도비는 중원에서 보기 드물게 큰 키인데 백의 단삼의 청년도 비슷한 키다. 그는 쾌도비를 똑바로 응시하면서 다시 한 번 물었다.

"귀하의 이름이 하운이오?"

다른 것이 있다면 조금 전에는 전음이고 이번에는 육성이라는 점이다.

'하운'이라는 이름에 쾌도비는 조금 긴장했다. 쾌도비라는 이름 이전에 그는 성씨가 없는 '하운'이라는 이름을 사용했었다. 그가 열 살 때 연 대형에게 쾌도식 일 초식을 배우고 난 후에 누나, 아니, 어머니가 이름을 '쾌도'라 바꾸었으며, 나중에 경공술 비조행을 배우고 나서 지금의 이름 '쾌도비'가 완성되었었다.

그러므로 '하운'이라는 이름을 알고 있는 사람은 열 살 이전의 쾌도비를 알고 있다는 뜻이다. 하지만 청년은 생전 처음 보는 얼굴이다.

그런데 쾌도비는 백의 단삼 청년에게서 매우 독특한 느낌을 받았다.

그는 매우 강팍하며 야문 인상의 소유자로서, 그냥 가만히 있어도 경계심을 불러일으키는 강렬함을 지녔으면서도 쾌도비에게는 전혀 적의를 보이지 않고 있다는 것이다.

하지만 더욱 희한한 일은 쾌도비 역시도 청년에게 적대감이 느껴지지 않는다는 사실이다. 그가 하운이라는 이름을 알고 있기 때문이기도 하지만, 그보다는 더 근본적인 이유가 있는 것 같았다.

이런 느낌을 받는 경우는 처음이다. 생면부지의 낯선 인물이며 더구나 천은루의 소년소녀들이 사라진 지금 같은 상황에서 쾌도비마저도 그에게 적대감은커녕 경계심마저도 느껴지지 않다니 이상한 일이다.

"형씨는 누구요?"

"나는 고단군(高檀君)이라고 하오. 만약 귀하의 이름이 하운이 맞는다면 내 신분을 밝히겠소."

쾌도비는 산전수전 두루 겪은 자신이 고단군이라는 생면부지의 청년에게 적대감과 경계심이 조금도 느껴지지 않는다는 사실이 신기하기만 했다.

그렇지만 그는 원래 녹록한 성격이 아니다. 적대감과 경계심이 느껴지지 않는다고 해서 그 즉시 웃으면서 속을 드러낼 바보는 아니다.

"나에 대해서 얼마나 알고 있소?"

고단군은 미소를 지었다. 그런데 그 미소가 얼마나 싱그럽고 훈훈한지 쾌도비는 마치 십년지기를 만난 것 같은 착각마저 들었다.

"잘 모르오. 그저 몇 가지만을 알고 있을 뿐이오."

쾌도비의 물음은 자신이 '하운'이라는 사실을 간접적으로 시인한 것이고, 그래서 고단군은 그로써 만족했는지 더 이상

이름에 대해서는 캐묻지 않았다.

"하운이라는 이름은 누구에게 들었소?"

"사부님께 들었소."

쾌도비를 하운이라고 단정한 고단군은 묻는 말에 선선히
대답했다.

"형씨의 사부는 누구요?"

"연도천(淵刀天)이라고 하오."

"처음 듣는 이름이오."

고단군은 빙그레 미소 짓는데 참 보기 좋은 미소다.

"그럼 연 대형이라고 하면 알겠소?"

"연 대형!"

순간 쾌도비는 깜짝 놀라서 지금이 어떤 상황인지도 잊고
목소리를 높였다.

그는 놀랍고도 반가운 나머지 고단군 앞으로 성큼 다가가
며 반가운 얼굴로 물었다.

"지금 연 대형이라고 했소?"

고단군은 쾌도비가 이런 반응을 보일지 예상했다는 듯 빙
그레 미소 지었다.

"그렇소. 내 사부님의 존함은 연도천이시고 귀하는 그분을
연 대형이라 불렀을 것이오."

"그렇소. 아… 그렇다면 형씨는 백두파 사람이오?"

쾌도비의 물음에 고단군은 뜻밖이라는 표정을 짓더니 이내 훈훈한 미소를 지었다.

"중원 사람들은 우리를 장백파라고 부르는데 귀하는 제대로 백두파라고 부르는구려."

"백두산에 있는 문파이니 백두파라 부르는 게 당연하지 않겠소? 더구나 백두파는 그렇게 불리기를 원한다고 들었소."

쾌도비는 연 대형이 고단군의 사부라는 사실을 알고는 너무 기쁘고 반가워서 말이 많아졌다.

"이럴 게 아니라 다른 곳에 가서 얘기합시다."

쾌도비는 거리낌 없이 고단군의 손을 덥석 잡고 밖으로 이끌었다.

손이 잡혀서 이끌리는 고단군은 싫지 않은 듯 빙그레 미소를 지으며 따라갔다.

第八十五章

창이미추(創痍未瘳)

—칼에 찔린 상처가 아직 낫지 않았다

"아이들은 내가 잘 데리고 있소."

"그랬소?"

천은루에서 멀지 않은 어느 한적한 대로변의 주루 창가로 자리를 옮긴 후에 고단군의 첫마디에 쾌도비는 안도의 표정을 지었다.

탁자에는 쾌도비와 은조가 나란히 앉아 있고 맞은편에 고단군이 앉았다.

"녹평장에서 있었던 일련의 사건에 대해서 우연히 알게 되었소. 그래서 어쩌면 천절성군이나 천절문에서 천은루의 소년소녀들에게 해코지를 하지 않을까 염려되어 미리 피신시켰던 것이오."

"고맙소, 고 형."

쾌도비는 고단군의 말을 추호도 의심하지 않고 진심 어린 표정으로 고마워했다.

백두파 사람이, 더구나 연 대형의 제자가 거짓말을 할 이유가 없다고 생각하기 때문이다.

쾌도비의 이런 모습을 처음 보는 은조는 옆에서 엷은 미소를 짓고 있다.

그녀는 조금 전에 쾌도비에게서 고단군이 백두파 사람이라는 얘기를 듣고 적잖이 놀랐었다.

백두파는 쾌도비가 사문으로 여기고 연 대형이라는 분은 사부로 여기고 있기 때문이다.

"우린 하 형을 찾고 있었소."

고단군은 쾌도비의 이름이 하운이라서 하씨 성이라고 생각한 모양이다.

"나는 이름을 쾌도비로 바꿨소."

"아… 그럼 쾌 형이구려."

쾌도비는 의아한 표정을 지었다.

"나를 찾고 있었다니 무슨 말이오?"

"쾌 형을 찾으라는 것은 사부님의 유언이었소."

"유언……."

쾌도비는 움찔하면서 머릿속이 멍해졌다. 유언이라면 그가 마음속으로 유일하게 사부라 여기고 있는 연 대형 연도천이 죽었다는 뜻이 아닌가.

"어떻게 된 일이오? 사부님께서 돌아가신 것이오?"

쾌도비가 연도천을 사부라고 부르는 것에 고단군은 적잖이 감명을 받은 듯했다.

"쾌 형은 사부님을 사부라 여겼었소? '

"그렇소. 백두파가 제자 이외의 사람에겐 사문의 성명무공을 전수하지 않는다는 사실을 알고 나서였소."

고단군은 고개를 끄떡였다.

"그렇군요. 사부님께서도 쾌 형을 제자로 인정하고 계셨소. 우리에게 종종 쾌 형에 대해서 말씀해 주셨소."

"아……."

쾌도비는 마음이 울컥하여 한동안 말을 하지 못하고 어린 시절 연도천과의 반년 동안을 아련하게 회상했다.

고단군은 쾌도비가 백두파의 제자였다는 사실을 알려주려고 했으나 그가 이미 스스로 그렇게 여기고 있었다는 사실에 적잖이 감명을 받았다.

"어떻게 된 일인지 설명해 주겠소?"

회상에서 깨어난 쾌도비는 마치 부모를 잃은 듯한 심정으로 충격을 억제하며 물었다.

"본 파는 장문인이 될 대제자를 선발하여 그에게 사문의 최고절학을 익히게 한 이후에 천하를 주유하여 견문을 넓히도록 하는 제도가 있소."

연도천은 백두파 전대 장문인의 대제자로서 차기 장문인으로 선발되어 그런 과정을 두루 거치고 무사히 백두파에 돌아와 장문인의 위에 올랐다.

이후 그는 백두파 내에서 고단군을 비롯하여 세 명의 제자를 거두었다.

그리고 몇 가지 획기적인 일을 벌여서 지난 십여 년 동안 백두파의 힘을 두 배 이상 강력하게 발전시켰다.

원래 중원에서는 백두산을 중심으로 남북으로는 오천여 리, 동서로 이만여 리 일대를 변방 특히 동이(東夷)라 칭하며 강호로 쳐주지도 않았었다.

그러므로 그곳에는 또 다른 천하와 강호가 존재했었다. 중원에서는 동이강호(東夷江湖)라고 하며 그곳에서는 자신들이 사는 세상을 대조천(大朝天)이라 불렀다.. 즉, '아침을 맞이하는 하늘 아래의 큰 땅'이라는 뜻이다.

대조천에는 광활한 각 지역에 수천 개의 크고 작은 문파와 방파들이 존재하고 있는데, 그들은 전부 고려인(高麗人)이나 여진족(女眞族), 말갈족(靺鞨族), 돌궐족(突厥族) 등 다민족(多

民族)으로 이루어져 있다.

중원하고는 달리 그들 방, 문파는 여러 부족으로 이루어지다 보니까 세력이나 영역 다툼이 더욱 치열했으며 대부분 전쟁의 양상을 띠고 있었다.

아무래도 부족 간의 이권이 첨예하게 상충된 싸움이다 보니 그럴 수밖에 없었다.

연도천은 백두파 장문인이 되자마자 제일 먼저 대조천 각지에서 일어나는 분쟁들을 다스리기 시작했다.

끝도 없는 싸움에 대조천의 거의 모든 방, 문파는 물론이고 일반 백성들까지도 피폐할 대로 피폐해져서 도탄에 빠져 있는 상황이었다.

그래서 모두를 위해서라도 무조건 분쟁을 멈추고 평화를 정착시켜야 한다는 것이 연도천의 결심이었다.

원래 백두파는 대조천 전체를 통틀어서 세력과 영향력이 가장 큰 문파였으나 당시에 이르러서는 입지가 많이 위축된 상황이었다.

그러나 연도천의 부단한 노력과 탁월한 영도력으로 약 육년여에 걸쳐 밀어붙인 결과 대조천의 모든 분쟁을 종식시킬 수 있었다.

그런데 애초에는 대조천의 분쟁을 종식시키려고 시작했던 대업(大業)이었으나 마지막에는 대조천을 일통(一統)시키는

장이미추(創痍未瘳) 35

결과로 끝나 버렸다.

어쨌든 대조천의 분쟁이 끝났으므로 백성들은 모든 것이 백두파의 업적이라며 칭송했으며, 대조천의 수천 개 방, 문파는 백두파에 절대복종할 것을 천명했다.

절대 무력으로는 굴복시키지 못할 것 같았던 대조천이 일통된 데에는 백두파의 막강한 힘이 큰 힘을 발휘했으나 달리 큰 힘을 보탠 것은 각 방, 문파에 대한 연도천의 끈질긴 설득이었다.

연도천은 원래 고려인과 말갈족, 여진족 등이 그 옛날 예맥(濊貊)에서 갈라져 나온 하나의 뿌리, 즉 한 민족이었다면서 여러 가지 증거를 제시했으며, 돌궐족은 고구려 이래로 형제관계였다는 사실을 부각시켰다.

어쨌든 백두파는 단일 문파로서 발해(渤海)의 멸망 이후 오랜 세월 동안 분열되어 있던 대조천의 여러 부족과 수천 개 방, 문파를 일통시키는 쾌거를 이룩해 냈다.

"그렇지만 대조천의 평화는 채 일 년을 넘기지 못했소."

고단군은 씁쓸한 표정을 지었다.

쾌도비는 사문인 백두파가 일통시킨 대조천에 대해서 깊은 흥미를 느끼고 있다가 의아한 표정을 지었다.

"무슨 일이 있었소?"

고단군은 입을 닫더니 연거푸 술 석 잔을 비우고 나서 착잡한 표정으로 중얼거렸다.

"백두파는 치명적인 타격을 입었소."

"뭐요?"

쾌도비는 전혀 예상하지 못했던 말에 큰 충격을 받았다.

"크윽……! 그 싸움에 사부님께서도 돌아가신 것이
오……."

고단군은 얼굴을 보기 싫게 일그러뜨렸다.

"싸움이라니! 무슨 싸움이오?"

쾌도비는 고단군의 두 팔을 잡으면서 물었다.

"지금부터 삼 년여 전에 본 파는 불의의 습격을 당하여 전
체 세력의 칠 할 정도를 잃고 말았소. 그때 적의 우두머리와
일대일로 싸웠던 사부님께선 극심한 중상을 입고 패하셨는데
이틀을 넘기지 못하고 돌아가셨소……."

"이런 말도 안 되는……."

쾌도비는 고단군의 팔을 놓고 넋 잃은 표정을 지으며 힘없
이 중얼거렸다.

장장 십일 년 만에 사부의 소식을 겨우 듣는가 했더니 그것
이 사부께서 돌아가셨다는 부고(訃告)라니 뭐라고 할 말이 없
었다.

"누가… 사부님을 돌아가시게 했나요?"

쾌도비에 대해서 다 알고 있는 은조도 큰 충격을 받았으나

냉정을 찾으려고 애쓰며 고단군에게 물었다.

"파천마(破天魔)요."

고단군은 슬픔을 억누르려고 애쓰면서 은조에게 매우 공손하게 대답했다.

"파천마라니……."

박학하고 강호에 대해서 모르는 것이 없는 은조지만 파천마라는 별호는 금시초문이다.

"지난 삼 년 동안 우리는 중원에서 두 가지 일을 했소. 하나는 쾌 형의 행적을 찾는 일이고 또 하나는 파천마를 찾는 일이었소."

"파천마를 찾았소?"

정신을 수습한 쾌도비가 인상을 쓰면서 물었다.

그러나 고단군은 씁쓸한 얼굴로 고개를 저었다.

"찾지 못했소. 그러나 파천마가 누군지는 알아냈소."

"누구요?"

고단군은 짧게 대답했다.

"서방무적 파천검이오."

*   *   *

쾌도비와 은조는 고단군과 함께 북경을 나와 유정거가 있는 방산현으로 향했다.

그 무렵 북경 전체를 포위하고 있던 십만 군사는 물러갔고, 성내를 감시, 수색하던 황궁고수들도 사라져서 북경은 다시 예전의 평온과 활기를 되찾은 상황이었다.

쾌도비가 자금성 교태전에 잠입하여 도검룡을 죽이고 태자 주청운과 주우명을 위협하여 우령을 구해낸 다음 날 북경의 포위망이 해제되었으며 황궁고수들이 물러간 것이니 우연치고는 묘한 우연이다.

주청운과 주우명이 무슨 속셈으로 북경에 대한 압박을 풀었는지 정확한 이유는 알 수가 없다.

하지만 아마도 자봉공주에게서 손을 떼라는 쾌도비의 위협이 먹혔든지, 아니면 그런 식으로는 쾌도비를 잡을 수 없다고 판단했든지 둘 중 하나일 것이다.

전혀 뜻밖에도 천은루의 소년소녀 아홉 명은 쾌도비 부친의 장원인 유정거에 있었다.

소년소녀들은 그곳에 쾌도비의 부친과 동생, 누나가 살고 있다는 사실을 알고는 아무 걱정 없이 마음 편하게 지내고 있었다.

쾌도비는 어떻게 해서 아홉 명의 소년소녀를 유정거로 보내게 되었느냐고 물었다가 고단군에게 상상해 본 적도 없는 매우 놀라운 사실을 듣게 되었다.

"쾌 형의 부친이신 예건후 대인의 뿌리는 원래 고구려인이
시오."

유정거 한 채의 전각 안 넓은 대전의 탁자에는 쾌도비와 은
조, 예건후, 그리고 고단군이 둘러앉아 있으며, 고단군이 설
명을 계속하고 있다.

"고구려의 멸망 이후에 수십만 명의 고구려인이 당(唐)나
라에 포로로 끌려왔는데, 그중에 당시 고구려의 대막지리(大
莫離支)였던 연개소문(淵蓋蘇文)의 장남 연남생(淵男生)과 차
남 남건(男建), 삼남 남산(男産)의 가족 수백 명도 포함되어 있
었소."

고단군은 정중한 동작으로 예건후를 가리켰다.

"예건후 대인께선 차남 연남건의 직계후손이시오."

쾌도비만이 아니라 은조마저도 전혀 뜻하지 않았던 사실
에 놀라움을 금치 못하고 예건후를 바라보았다.

예건후는 진지한 표정으로 고개를 끄떡였다.

"너에게는 그다지 중요한 일인 것 같지 않아서 기회를 봐
서 차차 설명하려고 했었다."

그렇다면 그는 그런 사실을 알고 있었다는 뜻이다.

"이곳 방산현은 고구려 멸망 당시에 끌려온 연남건을 시조
로 하는 후손들이 모여서 사는 집성촌이다. 당나라는 연씨 성

을 버리고 새로운 성을 만들라고 하여 예씨 성을 갖게 됐던 것이다."

쾌도비는 부친 예건후를 용서했으나 예씨 성을 회복하지 않고 계속 쾌도비라는 이름을 사용했었다. 가족이나 혈족에 대한 지식이나 정이 부족하고 그다지 필요하다고 여기지 않았기 때문이다.

"너는 연남건의 십구 대 직계손이며 정식 이름은 연하운(淵河雲)이다."

"연하운……."

갑자기 큰 충격을 받게 된 쾌도비는 별다른 뜻 없이 자신의 정식 이름이라는 것을 입속으로 중얼거렸다.

고단군이 또다시 놀라운 사실을 설명했다.

"사부님께선 차기 장문인으로 내정되신 후에 중원을 주유하는 과정에 예건후, 아니, 연건후 대인을 잠시 만나셨소. 두 분은 사촌지간이셨소."

"연도천은 연개소문의 장남이신 연남생의 직계후손인데 나하고는 한 살 차이며 어렸을 때 보고는 이십여 년 만에 처음 만난 것이었지."

예건후, 아니, 연건후의 설명에 고단군이 그에게 물었다.

"그 당시에 대인께서 낙양에 잠시 머무르셨던 사실을 사부님께 말씀하셨습니까?"

"그랬었네. 지연에게 큰 죄를 지었기에 술자리에서 넋두리처럼 말했었지."

고단군은 쾌도비를 쳐다보았다.

"대인과 헤어진 사부님께선 그 길로 낙양으로 향하셨고 대인과 동거를 하셨던 지연이라는 여인에게 아들이 있다는 사실을 알게 되셨소."

쾌도비는 깨닫는 바가 있어서 진중한 표정으로 덧붙였다.

"그 아들이 바로 나고, 그렇다면 사부님께선 처음부터 나의 출신을 알고 북두인을 가르치셨던 거였군."

"그렇소. 백두파의 성명무공은 외부인에게 전수하지 않으며 또한 고구려의 정통 피를 이은 후손만 제자로 거두게 되어 있소."

쾌도비는 뭐가 뭔지 혼란스러웠다. 친아버지를 만나서 그를 용서한 지 얼마 지나지도 않았는데 난데없이 자신의 뿌리가 동이족 고구려인이었다니, 사실 피부에 와 닿지 않는 얘기들이었다.

또한 친아버지인 연건후보다는 사부인 연도천에게 더 큰 친밀감이 느껴지는 것도 사실이다.

"모든 고구려인에게 백두파는 신성하면서도 지엄한 정신적인 지주와도 같은 곳인데… 도천이 백두파의 장문이었다는 것은 뜻밖이로군."

연건후는 자신이 고구려인이며 연남건의 십팔 대 직계후 손이라는 것 말고는 별로 아는 것이 없는 듯했다. 그는 복잡한 표정으로 쾌도비를 응시했다.

"더구나 도비를 백두파의 제자로 삼다니… 나는 그런 사실을 까맣게 모르고 있었구나."

"그 당시에 대인께선 지연이라는 여인이 아들을 낳으셨다는 사실도 모르고 계셨잖습니까?"

고단군은 그런 사실을 지적하려던 것뿐이었으나 그것이 연건후의 죄책감을 건드렸다.

"그렇군. 나는 죄인이라서 도비에 대해서는 입이 백 개라도 할 말이 없다."

"대인, 저는 그런 뜻으로 말씀드린 것이 아닙니다. 부디 용서하십시오."

고단군이 아차 싶어서 용서를 비는 모습을 보면서도 쾌도비는 연건후에게 측은지심은 들지만 위로를 하고 싶은 마음은 들지 않았다.

그런 걸 보면 아직도 그에게 무슨 앙금 같은 것이 남아 있는 것 같기도 하다.

하지만 지금은 그런 게 중요한 것이 아니라서 고단군에게 진지한 얼굴로 물었다.

"사부님께선 나를 무슨 이유로 제자로 거두신 것이오? 그리고 고 형이 나를 찾아다녔다면서 그건 무슨 이유요?"

쾌도비 덕분에 연건후에게 실언한 것에서 풀려난 고단군은 갑자기 자세를 바로 하고 경건한 표정을 지었다.

"쾌 형은 사부님의 친조카이자 첫 번째 제자, 즉 대제자이십니다."

"그렇구려."

"정리하자면 쾌 형께서 백두파의 차기 장문인이며 소제의 사형이라는 뜻입니다."

"……"

쾌도비는 충격을 받고 멍한 표정을 지었다. 그렇지 않아도 지금 자신에게 벌어지고 있는 상황이 낯설게만 여겨지는 판국에 자신이 백두파의 차기 장문인이라니 더욱 생경한 기분이 들었다.

"들어와라."

그런데 고단군이 갑자기 입구 쪽을 쳐다보며 조용하면서도 위엄 있는 어조로 말했다.

뒤이어 대전 입구에서 백의를 입은 두 명이 일렬로 빠르게 미끄러지듯이 들어와 쾌도비의 좌측에 나란히 섰다.

고단군이 두 사람을 가리키며 쾌도비에게 더없이 공손하게 소개했다.

"대사형, 이들은 소제의 사제입니다."

그들은 일남일녀인데 고단군의 말이 끝나자마자 그 자리에 무릎을 꿇고 쾌도비에게 공손히 절을 올렸다.

"연무혼(淵武魂)이 대사형을 뵈옵니다."

"고란(高蘭)이 대사형을 뵈어요."

쾌도비가 정신을 수습하지 못하고 있는 상태라서 두 사람을 물끄러미 굽어보기만 할 뿐 가만히 있자 고단군이 조심스럽게 일러주었다.

"연무혼은 연남산의 직계후손이고 고란은 소제의 누이동생입니다."

"음."

쾌도비가 낮은 신음 소리만 내고 가만히 있자 은조가 조용히 전음을 보냈다.

[여보, 일어나라고 하세요.]

"일어나시오."

은조의 말이 아니었으면 그는 언제까지고 두 사람을 내버려 두었을 것이다.

쾌도비는 두 사람을 쳐다보았다. 보려고 해서 본 것이 아니라 부복했던 사람이 일어났으니까 자연스럽게 시선이 그리 향한 것이다.

연개소문의 삼남 연남산의 직계후손이라는 연무혼은 이십오륙 세 정도에 키도 크고 당찬 체구에 구레나룻과 까칠한 수

염을 기른 역발산(力拔山) 같은 모습인데 의외로 얼굴은 매우 온순해 보이는 용모를 지녔다.

연무혼은 약간 고개를 숙이고 두 손을 앞으로 모은 채 최대한 공손한 자세를 취하고 있었다.

쾌도비의 시선이 옆으로 흘렀다. 고단군의 누이동생이라는 고란은 아직 이십 세가 되지 않은 듯한 앳된 모습이며, 아직 정신이 수습되지 않은 상태에서도 쾌도비는 그녀를 보는 순간 매우 상쾌한 기분이 느껴졌다.

고란은 가히 주소옥과 은조에 비견될 만한, 아니, 조금 자세히 보면 두 여자하고는 사뭇 다른 용모와 기품을 지닌 절색 미모의 소녀였다.

고란은 한눈에도 중원의 여자하고는 다른 체구와 용모의 소유자였다.

중원 미녀의 용모는 오밀조밀한 것이 특색인데 고란은 큼 직큼직하고 시원시원한 미모를 지녔다.

길고 새카만 머리카락을 가지런히 하나로 묶었으며, 짙고 긴 눈썹 아래에는 크고 서글서글한 그리고 검은 눈이 보는 사람의 마음을 설레게 하고 또한 상쾌하게 만들었다.

주소옥이나 은조보다 크고 오뚝한 콧날과 고집스럽게 꾹 다문 붉디붉은 입술, 시원스럽게 쭉 뻗은 턱의 선과 보송보송한 귀밑머리 등 어느 것 하나 아름답지 않고 또 시원스럽지 않은 것이 없었다.

쾌도비는 마음이 답답한 중에도 저 모습이 과연 고구려의 미인인가 하는 시선으로 바라보았고, 은조 역시 넋을 잃은 듯이 바라보고 있었다.

그런데 남자인 연무혼은 감히 쾌도비를 쳐다보지 못하고 고개를 숙이고 있는 데 반해서 여자이며 아직 이십 세가 채 못 되어 보이는 고란은 말끄러미 쾌도비를 주시하다가 눈이 마주쳤는데도 시선을 외면하지 않았다. 그래서 오히려 머쓱해진 쾌도비가 시선을 거두고 말았다.

고구려인들은 우직할 정도로 솔직하고 편법보다는 정공법을 즐겨 선택한다.

그런 점에서는 고단군도 다르지 않았다. 그는 말을 에두르지 않고 대놓고 본론을 말했다.

"본 파 장문인은 고구려 황족(皇族) 고씨 적통(嫡統)인 여자를 부인으로 맞아야 한다는 규칙이 있습니다."

쾌도비는 그가 무슨 말을 하려는 것인지 알지 못했으나 여자이며 쾌도비의 부인이나 다름이 없는 은조는 본능적으로 즉시 그의 말뜻을 알아차렸다.

고단군의 직설적인 화술은 거침없었다. 그는 손으로 고란을 가리키며 공손하지만 완고하게 말했다.

"란이는 대사형의 정혼녀입니다."

"무슨 말이오?"

쾌도비는 움찔 놀라 몸을 흔드는 바람에 손에 쥐고 있던 찻잔의 차가 넘쳐흘렀다.

"본 파는 장문인의 적통으로 장문인을 계승하는 규칙이 있습니다. 그러나 전전대(前前代)와 전대(前代)의 사조님과 사부님께선 적자(嫡子)를 두지 못하셨습니다."

고단군의 말인즉, 쾌도비가 고란과 혼인을 하여 아들을 낳아 백두파를 이어야 한다는 뜻이다.

고단군은 쾌도비가 생각을 정리할 틈을 주지 않았다.

"란이는 태어난 순간부터 장문인의 부인으로 정해졌으며 그에 따른 교육과 훈련을 집중적으로 받았습니다."

쾌도비는 그제야 고란이 자신을 말끄러미 바라보고 있었던 이유를 알 것 같았다.

그는 반사적으로 은조를 쳐다보았다. 그에게 있어서 은조가 부인이나 다름이 없기에 아무 뜻 없이 그저 반사적인 행동이었을 뿐이다.

그러나 은조는 방그레 엷은 미소를 지을 뿐이라서 무슨 생각을 하는지 알 수가 없다.

"그렇다면……."

그때 연건후가 고단군과 고란을 번갈아 보면서 조심스럽게 입을 열었다.

"두 사람은 황제의 적통이신가?"

"그렇습니다. 저희는 고장(高藏), 즉 보장황제(寶藏皇帝)의 십칠 대 직계손입니다."

"아⋯⋯."

연건후가 탄성을 터뜨리고는 즉시 자리에서 일어나 예를 취하려고 무릎을 꿇으려는데 고단군이 놀라서 급히 부축하며 일으켰다.

"이러지 마십시오, 대인."

"하지만⋯⋯."

고단군은 조심스럽게 연건후를 다시 자리에 앉히고 나서 조용히 말했다.

"고구려는 이제 없으며 저 역시 황제가 아닙니다. 다만 후손들이 살아남았을 뿐이지요."

묘한 비애와 슬픔 그리고 여운을 남기는 말이다.

쾌도비는 자신이 고구려인이며 연개소문의 직계후손이라는 사실을 조금 전에 알았으며 그것에 대해서 실감을 하지 못하고 있지만, 이상하게도 고단군이 퍼뜨린 비애와 슬픔이 가슴을 저미는 것을 느껴야만 했다.

*   *   *

쾌도비는 은조와 함께 소요장으로 돌아온 후에 혼자서 우령에게 갔다.

고단군의 출현으로 상상조차 하지 못했던 엄청난 출생의 비밀과 거기에 얽힌 사연을 알게 되어 충격이 컸으나 그것들이 아직 머릿속에서 정리되지 않은 혼란한 상태이기 때문에 시간이 필요했다.

우령은 아직도 깨어나지 못하고 있었다. 그녀뿐만 아니라 다른 전각에서 요령도 생사지간을 헤매고 있다.

침상가에 앉아서 우령을 굽어보고 있는 쾌도비의 마음은 착잡하기 그지없다.

오로지 그만을 믿고 의지하면서 따르던 우령이나 요령조차도 제대로 건사하지 못해서 이 지경이 돼버렸는데, 그가 어찌 동이강호, 아니, 대조천 최고의 문파인 백두파의 장문인 지위를 계승할 수 있겠는가.

아니, 솔직한 생각으로는 그런 무거운 직책이나 짐 같은 것을 메고 싶은 생각이 추호도 없다.

자기 자신하고는 하등의 관계가 없다고 생각하기 때문이다. 지금까지 이십일 년 동안 그런 것 없이도 혼자서 잘 살아오지 않았는가.

이제 와서 새삼스럽게 혈족이나 민족, 뿌리 따위가 다 무엇이라는 말인가.

죄다 가당치도 않은 헛소리다. 지금껏 그래왔던 것처럼 앞으로 죽을 때까지 그런 것 없이 우리끼리 앞가림 잘하고 살수 있을 것이다.

"음······."

"령아!"

그때 우령이 미약한 신음을 흘리자 쾌도비는 움찔 놀라 급히 외치며 그녀에게 가까이 다가갔다.

그렇지만 우령은 끊어질 듯 말 듯 신음을 흘리고 창백한 얼굴에서 비지땀을 흘릴 뿐 깨어나지 못해서 쾌도비를 안타깝게 만들었다.

그는 이불 속으로 두 손을 집어넣어 나신인 우령의 아랫배 단전에 손바닥을 대고 조심스럽게 부드러운 진기를 주입하기 시작했다.

한 차례 진기주입이 끝났는 데도 우령은 별다른 차도가 없어서 이번에는 젖가슴 한가운데에 손바닥을 밀착하고 두 번째 진기를 주입했다.

지그시 눈을 감은 채 진기를 주입하는데 손바닥에 까슬까슬한 느낌이 전해졌다.

그곳이 천절성군의 검강에 관통된 부위라는 생각이 들자 울컥하고 뜨거운 것이 치밀었다.

이 검강은 원래 쾌도비에게 겨냥된 것이었으며 그것에 적중됐을 경우 그는 십중팔구 죽었을 것이다. 즉, 우령이 아니 었으면 그는 이 자리에 없었을 것이라는 뜻이다.

그는 보통 진기를 일으키지 않고 삼절심법을 운공조식하 면서 최고로 정심한 진기를 만들어서 주입하느라 점점 무아 지경에 빠져들었다.

슥―

그때 따스하고 부드러운 손이 그의 손등을 덮으며 꿈에도 잊지 못할 사근사근한 목소리가 귓전을 간질었다.

"당신은 또 엉큼하게 천첩의 가슴을 만지고 있군요."

"령아……."

그가 눈을 뜨자 우령이 혈색이 조금 돌아온 발그레한 얼굴 에 배시시 잔잔한 미소를 지으며 그를 바라보고 있는 모습이 보였다.

우령의 두 눈에 눈물이 고여 들었다.

"자금성 성문 위 기둥에 묶여 있으면서… 당신을 한 번만 보고 죽게 해달라고 그토록 빌었는데… 마침내 소원이 이루 어졌어요……."

"죽긴 왜 죽어?"

쾌도비는 발끈해서 소리쳤다.

"당신을 봤으니까 이제 죽어도 원이 없어요……."

"안 된다. 내 허락 없이는 죽을 수 없다."

쾌도비의 완강한 태도에 우령은 방그레 미소 지었다.

"알았어요. 당신이 무서워서라도 죽을 수가 없군요."

그는 우령의 가슴을 부드럽게 쓰다듬었다.

"하루빨리 완쾌되라."

우령은 졸린 듯 눈을 반쯤 감고 중얼거렸다.

"당신 바람피우는 것은 죽어서 귀신이 돼서도 볼 수가 없어요. 꼭 살아날 거예요……."

쾌도비는 그녀가 자꾸 눈을 감는 것을 보고는 더럭 겁이 나서 손목의 맥을 짚어보고 그녀가 잘못되는 것이 아니라는 사실을 확인하고는 이불을 잘 덮어주었다.

왈칵!

"여보!"

그때 문이 벌컥 열리면서 미령이 급히 들어서며 부르는데 격앙된 목소리다.

"음… 미령이 어째서 당신을 여보라고……."

우령은 눈을 감고 잠꼬대처럼 힘없이 중얼거리다가 조용해졌다. 잠이 든 것이다.

미령은 깜짝 놀라서 갑자기 목소리를 낮추었다.

"큰언니 깨어났었어요?"

"그래. 무슨 일이냐?"

"아! 요령 소저가 깨어났어요!"

미령은 생각났다는 듯 기쁘게 외쳤다.

옛말에 이르기를 복은 쌍으로 오지 않는다고 했으나 우령에 이어서 요령까지 깨어난 것을 보면 옛말이 다 맞는 것은 아니다.

第八十六章

아도입타초역난(我刀入他鞘亦難)

—내 칼도 남의 칼집에 들어가면 찾기 어렵다

난생처음으로 상상도 못할 극심한 일을 당했던 요령은 많이 쇠약해져 있었다.

팔신궁 뇌옥에서의 혹독한 고문과 오랜 치료 과정에 그녀는 피골이 상접한 초췌한 모습이었다.

그러나 약해진 것은 외형적인 것만이 아니었다. 은조가 치료를 하고 있지만, 오랜 혼절 끝에 깨어난 요령은 계속 불안한 표정을 지으며 두리번거리다가 쾌도비가 자신의 이름을 큰 소리로 외치면서 급히 들어서는 것을 발견하고 왈칵 울음을 터뜨렸다.

"령아!"

"으앙ㅡ! 어디 갔다가 이제 온 거야!"

은조가 얼른 옆으로 비켜섰고 쾌도비는 치료 때문에 이불을 걷고 나신으로 누워 있는 요령에게 달려가 두 팔로 그녀를 부드럽게 끌어안았다.

"령아……."

"으아앙! 보고 싶었어……!"

온몸의 상처가 거의 아물어서 딱지가 새카맣게 앉았고 뼈가 드러날 정도로 야위었으며 풍만했던 가슴도 노파의 그것처럼 볼품없이 초라해진 몰골의 요령은 그의 품에 안겨서 도리질을 치며 어린아이처럼 울어댔다.

"그래, 이제 어디 가지 않고 네 곁에 꼭 붙어 있으마. 그만 울어라, 응?"

쾌도비는 너무 세게 안으면 부서질 것 같은 요령의 등을 쓰다듬으며 달랬다.

그는 그녀를 안고 쓰다듬으면서 자신이 진정으로 온힘을 다해서 돌보고 지켜야 할 사람들이 누군지 새삼 분명하게 깨달았다.

요령은 오랜 동안 생사지경을 넘나들어서 보는 사람들의 애간장을 태우던 사람 같지 않게 한 번 깨어나서는 다시 혼절하거나 병세가 악화되지 않았다.

쾌도비는 이불을 덮고 반듯하게 누워서도 불안하고 초조한 표정으로 한시도 자신에게서 시선을 떼지 않고 있는 요령을 보면서 잊고 있었던 사실 한 가지를 새삼 깨달았다.

요령은 주소옥의 의동생이고 남령왕의 양녀로서 남령부 사람이다.

남령왕과 주소옥이 혼자 된 쾌도비를 보살피게 하려고 보낸 소중한 사람인 것이다.

그리고 무엇보다도 요령은 이곳에서 혼자다. 은조를 위시한 여의루 사람들과 위걸을 비롯한 북황도 사람들 틈바구니에서 요령은 철저하게 혼자라서 망망대해에 혼자 외로이 떠있는 섬 같은 존재다.

어느 날 은조와 위걸이 오기 전까지 쾌도비 곁에는 요령 혼자뿐이었다.

달리 말하면, 그들이 오기 전에는 쾌도비는 온전히 요령 혼자 독차지했었다.

그런데 그들이 온 이후 사정이 완전히 역전됐었다. 쾌도비는 늘 은조와 여의사령, 위걸 등과 함께 어울리며 바쁘기 일쑤이고 요령은 언제나 혼자였었다.

아니, 사실 거의 하루 종일 쾌도비는 요령이라는 존재마저도 잊고 지냈던 적이 허다했었다.

은조나 위걸 탓이 아니다. 그걸 핑계로 쾌도비 자신이 알게 모르게 요령을 외톨이로 만들어 버렸던 것이다.

그것은 주소옥이나 남령왕의 깊은 배려에 대한 무시라는 점보다도, 요령 일개인의 모든 것을 짓밟은 처사였다는 것이 더 무거운 죄였다.

그녀는 더 이상 자신을 쳐다보지 않는 쾌도비의 시선 밖 어두운 곳에서 얼마나 홀로 외로워했겠는가.

그래서 그는 앞으로는 요령을 혼자 내버려 두지 않겠노라고 마음속으로 결심했다.

"할 얘기가 있어."

아까부터 요령이 쾌도비 좌우에 서 있는 은조와 미령을 번갈아 쳐다보면서 뭔가 망설이는 것 같더니 이윽고 용기를 내서 그렇게 말했다.

예전 같았으면 장소를 막론하고 누가 있든지 상관없이 할 말이나 행동을 거침없이 했었던 요령이지만 지독한 경험을 하고 나서 그마저도 사라져 버렸다.

"무슨 얘긴지 해봐라."

은조와 미령을 내보낸 쾌도비는 머리맡에 앉아서 요령의 머리카락을 쓸어 넘기며 미소 지었다.

요령은 움푹 들어간 눈으로 쾌도비를 말끄러미 응시하다

가 까칠한 입술을 나풀거렸다.

"나 사실은 당신의 부인이 되려고 왔었어."

그녀는 쾌도비가 전혀 예상하지 않았던 말을 불쑥 꺼냈다. 하지만 즉흥적으로 말하지 않았다는 사실을 쾌도비는 그녀의 간절한 표정을 보고 깨달았다.

그녀는 이 말을 하려고 그토록 오랫동안 쾌도비 곁에 머물면서 망설였을 것이다.

그래서 그는 그녀의 고심을 이해하느라 그 말이 담고 있는 엄청난 내용에 대해서는 조금 둔감해졌다.

"자세히 설명해 봐라."

그녀는 쾌도비가 크게 놀라면서 무슨 소리냐고 펄쩍 뛸 것이라 예상했었으나 빗나가자 오히려 놀라는 표정을 짓더니 눈물을 왈칵 쏟았다.

"아버님께서 나한테 소옥 언니 대신 당신의 부인이 되라고 말씀하셨어. 나중에 소옥 언니에게 말했더니 내 손을 꼭 잡으면서 당신은 너무 좋은 사람이라고… 꼭 행복하게 해주라고 부탁했었어……."

쾌도비는 요령이 불쑥 나타났었던 때를 떠올려 보았다. 천방지축에 겁도 없고 거칠 것 없는 성격인 그녀지만 허구한 날 주소옥만 생각하는 쾌도비에게 자신이 무엇 때문에 왔는지 사실대로 말할 용기가 없었을 것이다.

쾌도비에게 오기 전까지의 요령은 그라는 존재에 대해서 아무것도 몰랐었다.

그런데도 오로지 그의 부인이 되라는 남령왕의 명령이나 다름이 없는 말을 듣고 그를 만나러 먼 길을 왔었으나, 그보다 더 험한 길을 돌고 돌아서 이제야 가슴속에 담고 있던 말을 꺼내놓은 것이다.

"나… 그런 사실을 가슴속에 묻은 채로 죽게 될까 봐 겁이 났었어. 사실은 나 말이야… 깨어 있었어. 당신이 팔신궁 뇌옥에서 날 구해주었을 때에도… 이곳에 와서도 언제나 깨어서 당신이 하는 말을 다 들었어……. 그래서 내가 얼마나 당신을 사랑하고 있는지… 그리고 당신의 부인이 되려고 왔다는 말을 하려고 했었는데… 눈도 입도 열리지가 않았어……. 그래서 정신을 차리면 꼭 이 말을 해야겠다고 결심했었어……. 말도 못하고 죽는 건 너무 겁이 났다구……."

가슴이 크게 격동한 쾌도비가 그녀를 가만히 품에 안았기 때문에 그녀의 다음 말이 잘 들리지 않았다.

그래도 그녀는 그의 가슴에 입술을 붙이고 흐느끼면서 한동안 뭐라고 중얼거렸다.

쾌도비는 요령의 난데없는 고백에 가슴이 미어지는 듯한 느낌을 받았으나 다른 한편으로는 그녀를 충분히 이해하고 또 보듬어줘야겠다고 마음먹었다.

그녀를 사랑하느냐 하지 않느냐의 문제가 아니다. 이것은 그보다 더 근본적인 믿음의 문제다.

*   *   *

"무정도를 죽이고 싶은가?"

오늘도 북경 성내를 하염없이 헤매면서 무정도의 흔적을 찾아내려고 혈안이 된 천절성군의 걸음을 멈추게 한 인물이 내뱉은 첫마디였다.

딸과 제자 둘을 죽인 무정도를 찾아 헤매고 있는 천절성군의 심기는 매우 불편한 상태라서 어느 누가 건드리기만 해도 폭발할 지경이었다.

지금 그는 전 강호인이 존경해 마지않는 얼마 전까지의 천절성군이 아니라 단지 복수에 굶주린 한 마리 늙은 호랑이일 뿐이다.

그러나 그는 함부로 발작하지 않았다. 아니, 할 수가 없었다. 자신의 앞을 가로막고 우뚝 서 있는 인물에게서 뿜어지는 가공한 기도 때문이다.

천절성군은 기도만으로도 앞에 서 있는 인물이 자신을 능가하는 고수라는 사실을 직감했다. 믿어지지 않는 일이지만, 그는 뼈와 살로 이루어진 사람 앞에서 지금 같은 위압감을 생전 처음 느껴보았다.

천절성군은 자신도 모르게 긴장하여 마른침을 삼키며 조금 더듬거렸다.

"뭐… 라고 했소?"

상대가 한 말을 듣지 못해서가 아니다. 자신의 혼란스러운 심신을 수습하기 위해서 시간이 필요하기 때문이다.

그렇게 물으면서 천절성군은 재빨리 상대의 전신을 머리에서 발끝까지 살펴보았다.

나이는 삼십대 중후반으로 보였으며 일신에는 하늘색의 엷은 유삼을 입었는데 무기 같은 것은 지니지 않았다.

키는 보통보다 조금 크고 살찌지도 마르지도 않은 적당한 체구에 양쪽 턱이 각이 졌으나 강인해 보이지는 않고 외려 유생 같은 분위기를 물씬 풍겼다.

더구나 방금 천절성군이 느꼈던 가공한 기도 같은 것은 조금도 느껴지지 않았다.

그래서 마치 한순간 잠시 착각을 일으켰던 것이 아닌가 하는 기분마저 들었다.

그렇지만 사내의 눈을 보는 순간 천절성군은 자신이 착각을 했던 것이 아니라는 사실을 깨달았다.

천절성군은 이런 눈을 처음 보았다. 투명하리만치 맑으면서도 심해처럼 깊었다.

얼핏 보면 법 같은 것 없이도 사는 사람처럼 선하게 보였으나, 조금 더 신경을 써서 보면 그 눈 속으로 빨려 들어갈 것만 같았다.

흡사 저 눈 속에 대자연과 삼라만상이 담겨 있는 것 같은 느낌이다.

천절성군은 부처나 공자를 실제로 본 적이 없지만 그들의 눈빛이 이럴 것이라는 생각을 떨쳐 버리기 어려웠다.

"무정도를 죽이고 싶은가?"

사내는 천절성군이 노골적으로 자신을 살피고 있다는 것을 알고 있는 듯 충분히 살필 수 있는 시간을 주고 나서 처음하고 똑같이 말했다.

"물론이오."

삼십대 중후반으로 보이는 사내가 반말로 물었으나 천절성군은 똑같이 반말로 할 수가 없었다.

이미 심신이 사내에게 억압되었기 때문이다. 이런 경우 역시 처음이다. 강호 최고 배분인 그가 생면부지의 젊은 사내에게 이 정도로 위축되다니 강호인이라면 누구라도 믿지 않을 일이다.

"무정도가 있는 곳을 알려주면 내게 어떻게 보답하겠나?"

천절성군은 이렇게까지 말하는 사내가 필경 무정도가 있는 곳을 알고 있을 것이라고 확신했다.

"무엇을 원하오? 무정도 놈이 어디 있는지 가르쳐만 준다면 당신이 원하는 것은 뭐든지 다 하겠소."

사내는 특유의 해맑고 깊은 눈으로 미소 지었다.

"우리 거래는 성사되었네."

*　　　*　　　*

쾌도비는 은조, 여의삼령과 함께 말을 타고 방산현의 유정거로 향했다.

어제 유정거에서 고단군으로부터 전혀 예상하지도 않았던 말을 듣고 나서 쾌도비는 가타부타 별다른 말도 하지 않고 소요장으로 돌아왔었다.

쾌도비는 그런 얼토당토않은 말을 아예 듣지 못한 것으로 치부하려 했었다.

자신이 한인이 아니라 고구려인이며 연개소문의 직계후손이라는 것까지는 어떻게든 이해한다고 하자.

그렇지만 그에게 백두파의 장문인이 되라는 것과 생전 처음 보는 고란이라는 소녀와 혼인을 해야 한다는 백두파의 규칙에 대해서는 절대로 이해할 수도 승복할 수도 없었다.

그것은 그야말로 쾌도비뿐만 아니라 은조와 측근들까지 여러 사람의 인생 자체를 뒤바꿔 놓는 일이다.

그러므로 부친인 연건후와 예정, 예림 등을 죽을 때까지 만나지 못하는 한이 있더라도 절대로 받아들일 수 없는 일인 것이다.

그렇지만 은조의 생각은 달랐다. 그녀 역시 쾌도비만큼 많이 놀랐었지만 원래 생각이 깊은 성격인지라 그 일에 대해서 심사숙고를 거듭했다.

그리고는 쾌도비에게 한 번 더 고단군 등을 만나서 얘기를 해보는 것이 어떻겠느냐고 권했다.

그런 후에 고단군 등에게 당당히 자신의 의견을 밝혀야지 지금처럼 이것도 저것도 아닌 뜨뜻미지근하게 행동하는 것은 옳지 않으며 어쩌면 평생토록 후회하게 될지도 모른다고 설득했다.

원래 은조의 말에는 무조건 따르는 쾌도비이고 또 그녀의 말이 옳다는 생각에 그러기로 마음먹었다.

은조는 고단군 등을 소요장으로 부르는 것도 괜찮은 방법이라고 했으나 쾌도비는 타인에게 소요장을 노출시키고 싶지 않다면서 유정거로 직접 가기로 한 것이다. 그는 고단군 등을 타인이라 여기고 있었다.

탕탕!

마당에서 혼자 서성거리고 있던 예림은 누가 전문을 두드리자 쪼르르 달려갔다.

"누구세요?"

"림아, 나다."

"형님!"

쾌도비의 목소리를 알아들은 예림은 급히 전문을 열고는 그의 품으로 뛰어들었다.

쾌도비는 예림을 번쩍 안아 들고 머리를 쓰다듬으며 온화하게 미소 지었다.

"잘 있었느냐?"

"형님이 다시는 안 오실 줄 알고 걱정 많이 했어요."

그렇게 말하는 예림의 두 눈에 반가움의 눈물이 가득 고이는 것을 보고 쾌도비는 자신이 백두파의 장문인 자리를 거절하더라도 연건후하고의 인연은 끊지 못할 것 같다는 예감이 들었다.

침통하게 가라앉아 있던 유정거에 쾌도비 일행이 방문하자 갑자기 활기가 넘쳤다.

늦은 오후라서 저녁 식사 준비를 하려고 했던 예정은 서둘러서 저녁 식사를 겸해서 술상을 차렸다.

둥글고 커다란 탁자에 쾌도비와 은조가 나란히 앉고 맞은편에 연건후와 예정, 정호가 앉았으며, 예림은 쾌도비와 은조

사이에 끼어 앉았다.

그리고 고단군이 오른쪽에 혼자 앉았고 뒤에는 고란과 연무혼이 서 있으며, 쾌도비와 은조 뒤에는 여의삼령 선령과 아령, 미령이 나란히 서 있었다.

쾌도비의 방문에 다들 기쁜 표정이지만 유독 한 사람 고란만이 고단군 뒤 왼쪽에 서서 냉랭한 얼굴로 쾌도비를 쏘아보았다.

고단군은 자신의 뒤에 서 있는 고란의 그런 모습을 보지 못했으나 쾌도비는 그녀 때문에 심기가 불편했다.

특히 성질이 보통 아닌 여의삼령은 고란보다 더 차가운 표정을 지으면서 그녀를 쏘아보며 시선을 거두라고 무언의 압박을 가하고 있는 중이지만 고란은 끄떡도 하지 않았다.

고단군은 불편한 표정의 쾌도비와 여의삼령의 날카로운 시선을 따라서 뒤돌아보다가 고란의 그런 모습을 발견하고는 엄히 꾸짖었다.

"란아, 무슨 짓이냐?"

고란은 마지못해 쾌도비에게서 시선을 거두었으나 냉랭한 표정은 풀지 않았다.

고단군은 황망한 표정으로 일어나 쾌도비에게 공손히 허리를 굽히며 사과했다.

"대사형, 죄송합니다. 이 아이가 철이 없어서……."

쾌도비는 씁쓸한 표정을 지었다.

"내가 여기에서 도대체 뭘 하고 있는 것인가 하는 생각이 드는구려."

그는 벌떡 일어나면서 은조를 쳐다보았다.

"조아, 가자."

그의 말에 고단군은 물론이고 연건후 등도 크게 놀라 어쩔 줄을 몰랐다.

고단군은 고란을 크게 꾸짖었다.

"네가 무슨 짓을 저질렀는지 알겠느냐? 당장 대사형께 백 배사죄하지 못하겠느냐?"

고란은 하나뿐인 오라비인 고단군이 이처럼 불같이 화를 내는 모습을 처음 보았다.

쾌도비가 갑자기 가겠다고 벌떡 일어서는 바람에 그렇지 않아도 크게 놀라고 있었던 그녀는 고단군의 질타에 머릿속이 하얘졌다.

하지만 그녀는 아무 행동도 취하지 않고 입술을 잘근잘근 깨물면서 그대로 서 있을 뿐이다.

"란아!"

고단군이 재차 꾸짖었으나 고란은 하얗게 날선 시선으로 쾌도비를 쏘아볼 뿐 꿈쩍도 하지 않았다. 상황을 이렇게 만들었으면서도 대단한 고집이고 자존심이다.

"여보, 앉아요."

그때 앉아 있던 은조가 일어선 쾌도비의 팔을 잡고 가만히 끌어당겼다.

쾌도비는 당장에라도 나가 버리고 싶었으나 은조의 만류에 마지못해 다시 앉았다.

은조는 한술 더 떠서 이번에는 고란과 연무혼에게 자리에 앉을 것을 권했다.

"두 분도 앉으세요."

"괜찮습니다, 형수님."

당황한 고단군이 손을 젓자 은조는 엷은 미소를 지었다.

"두 분이 서 계시면 우리가 불편해요."

"정히 그러시면 뒤에 분들도……."

고단군은 여의삼령도 앉기를 권했다.

"그렇게 하죠."

고란과 연무혼, 그리고 여의삼령이 한꺼번에 자리에 앉느라 조금 어수선해졌다.

"란아, 너는 대사형 곁에……."

고단군이 고란의 팔을 잡고 쾌도비 오른쪽에 앉히려고 하는데 그보다 빨리 미령이 그 자리에 앉아버렸다.

고단군은 어색한 웃음을 짓고 고란이 차갑게 쏘아보는데도 미령은 아랑곳하지 않고 도도하게 턱을 치켜들었다.

저녁 식사와 술을 마시면서 고단군은 백두파가 처해 있는 상황과 대조천에 대해서 자세히 설명을 해주었다.

현재 백두파는 백두산 태백림(太白林)에 위치한 본파에서 쫓겨나 대조천의 은밀한 지역에 은둔해 있는 상황이고 더러는 고단군과 함께 중원에 들어와 있다.

파천마의 수하들은 백두파 제자들이 백두파로 돌아오지 못하도록 곳곳의 길목을 지키고 있으며, 다른 한편으로는 도주한 백두파 제자들을 추적하여 주살하는 일에 총력을 기울이고 있다.

파천마가 무엇 때문에 백두파를 급습했는지에 대해서는 아직도 모르고 있다.

다만 파천마가 이끌고 있는 집단인 총마련(總魔聯)의 고수들이 대조천 전역을 휘몰아치면서 방, 문파들을 굴복시키고 또 복속시키고 있다는 것만 알고 있을 뿐이다.

백두파 장문인 연도천은 숨을 거두기 전에 두 가지 유언을 남겼다.

첫째는 쾌도비를 찾아서 백두파 장문인으로 모셔서 백두파를 재건하라는 것이고, 둘째는 파천마를 죽이고 대조천을 구하라는 것이었다.

두 개의 유언 중에서 쾌도비를 찾아 장문인으로 모시는 것이 선행되어야 하는 것은 두말할 필요가 없다.

그래야지만 쾌도비가 앞장서서 백두파를 재정비하고 힘과 세력을 배양하여 파천마를 죽일 수 있을 것이기 때문이다.

예전 백두파 제자의 수는 천여 명이었으나 지금은 불과 삼백여 명만 살아남았다.

그나마도 총마련에 쫓기고 있어서 은둔해 있는 곳에서 꼼짝도 하지 못하고 있는 형편이다.

"우린 장문인 없이는 백두산에 돌아갈 수 없습니다."

고단군은 조용하지만 비장한 말로 설명의 끝을 맺었다.

쾌도비는 이들의 기막힌 사정은 충분히 이해하지만 백두파의 장문인이 될 생각은 추호도 없다. 그는 고단군을 보면서 진지하게 말했다.

"내가 고 형을 장문인으로 임명하면 되지 않겠소?"

고단군은 말도 안 된다는 듯 펄쩍 뛰었다.

"그건 있을 수도 없는 일입니다."

"어째서 그렇소?"

"장문인이 돌아가셔야지만 차기 장문인이 정식 장문인이 될 수 있습니다."

고단군을 장문인으로 지명을 한다고 해도 쾌도비가 죽어야지만 그가 장문인이 될 수 있다는 얘기다.

어쨌든 쾌도비는 백두파의 장문인이 될 생각은 없다. 은조가 고단군을 다시 한 번 만나보자고 해서 왔고 또 얘기를 들어봤으니까 할 일은 끝났다.

연건후는 자신이 가타부타 나설 자리가 아니라서 묵묵히 식사를 하면서 술만 마시고 있다. 예정이나 정호도 마찬가지고, 어린 예림은 그저 쾌도비와 은조 사이에 앉아 있다는 사실이 한없이 즐거운 모습이다.

고단군의 입장으로는 쾌도비를 백두파의 장문인으로 앉혀야지만 백두파가 단결하여 파천마와 총마련을 대조천에서 물리칠 수 있을 텐데, 시작조차 하지 못하고 있으니까 그 답답함은 이루 말할 수 없을 지경이다.

하지만 그는 구구하게 이런저런 말을 늘어놓아 쾌도비를 설득하려고 들지 않고 묵묵히 술잔만 기울이고 있다.

쾌도비나 은조가 보기에도 고단군이 지나칠 정도로 침묵만 지키고 있어서 과연 저래도 되는지 걱정이 될 정도다.

하지만 그것은 고단군만이 아닌 고구려인들의 민족성인 것 같았다.

말이 많거나 우는 소리를 하지 않으며, 고통이나 슬픔 같은 것은 묵묵히 가슴속에 묻고만 있었다.

한인들 같으면 이런 상황에서 제발 살려달라고 울고불고 난리법석을 떨 텐데 고구려인들하고는 정말 대조적이다.

술자리가 계속 이어지고 있는 중에 쾌도비는 괜히 마음이 무거워져서 혼자 뜰로 나왔다.

은조가 고단군에게 이것저것 물으면서 대화를 하는 것을 지켜보다가 머리나 식혀야겠다고 생각했다.

천천히 뜰을 거닐던 그는 저만치 나무 옆에 하나의 검은 그림자가 밤하늘을 바라보고 있는 모습을 발견했다.

고란이었다. 그녀가 술자리에서 빠져나가는 것을 보지 못했었는데 밖에 나와 있었던 모양이다.

쾌도비는 그녀를 발견하지 못한 상태에서 그쪽으로 걸어가던 중이었으므로 이제 와서 발길을 되돌리는 것이 좀 그래서 계속 걸어갔다.

고란을 보니까 그녀가 무엇 때문에 자신에게 그토록 냉담한 것인지 이유가 문득 궁금해지기도 했다.

그가 다가가는 것을 고란이 전혀 모르고 있어서 그는 일부러 조금 발걸음 소리를 냈다.

저벅……

이쪽을 쳐다보는 고란은 쾌도비를 발견하고는 순간적으로 얼굴에 살얼음이 깔리는 것 같은 적대감이 표출되는 것을 감추려고 들지도 않았다.

그러더니 똑바로 쾌도비를 향해서 걸어왔다. 아니, 걸어와서는 찬바람이 이는 것처럼 그를 스쳐 지나갔다.

"잠깐."

슥—

쾌도비는 몸을 돌리면서 그녀의 팔을 잡았다.

짝!

"어딜."

그런데 쾌도비는 뺨에서 불이 번쩍 이는 것을 느끼며 움찔 놀랐다.

고란이 휘두른 손바닥에 뺨을 맞은 것인데 도대체 그녀가 어떤 수법을 사용했는지 보지도 못했다.

고란은 어이없는 표정으로 서 있는 쾌도비를 쏘아보면서 얼음을 토해내는 것처럼 차갑게 말했다.

"당신이 백두파의 장문인이 되기 전에는 내 옷자락조차도 만질 수 없어요."

쾌도비는 자신이 느닷없이 뺨을 얻어맞았다는 사실 때문에 적잖이 놀라고 있었다.

아니, 그보다는 고란이 생각했던 것보다 고강하다는 사실이 더 놀라웠다.

그런데 그녀의 말에 조금 반발심이 생겼다. 그 역시 혈기왕성한 청년이다 보니 어쩔 수 없다.

"내가 장문인이 되면 그대를 만질 수 있는 것인가?"

순간 고란의 표정이 더욱 살벌해졌다. 은은한 달빛 아래에

도도하리만치 오만한 모습으로 우뚝 서서 살벌한 표정을 짓고 있는 고구려 미녀의 우아한 자태를 보는 순간 무섭기보다는 제일 먼저 떠오른 느낌이 '지독하게 아름답다'라는 것이라면 쾌도비의 머리가 잘못된 것인가.

"당연해요. 그리 되면 나는 당신 것이니까,"

고란의 말은 그녀가 짓고 있는 살벌한 모습하고는 판이하게 달라서 묘한 이중성을 드러냈다.

그녀의 말은 나는 당신을 눈곱만큼도 좋아하지 않지만 백두파의 규칙에 따라서 장문인인 당신의 여자가 될 수밖에 없다는 뜻이어서 쾌도비는 마음이 언짢아졌다.

"한 번 그대가 내 입장이라고 생각해 보시오. 어느 날 불쑥 나타난 낯선 사람들이 내가 고구려인이며 연개소문의 직계후손이니까 백두파의 장문인이 돼야 한다고 말한다면, 그대라면 그대로 따르겠소?"

고란은 중원의 여인하고는 비교도 되지 않는 검고 짙은 눈썹을 슬쩍 찌푸렸다.

"당신은 마음에 드는 구석이 하나도 없는데다 심지어 말까지 많군요."

"……."

원래 과묵하기로는 자타가 인정하는 쾌도비이거늘, 말이 많다는 말에 그는 어이가 없었다.

쾌도비는 욱! 하고 치밀어 올랐으나 여자를 상대로 싸울 수는 없는 노릇이다.

"본 파의 장문인이 되든지 아니면 어서 죽어버려요. 그래야지만 오라버님이 다음 대 장문인이 돼서 백두파를 이끌 수 있을 거예요."

밉다니까 업어달라는 격이다. 가뜩이나 모든 것이 마음에 들지 않는 고란은 그런 지독한 말을 남기고는 홱 돌아서 전각으로 걸어갔다.

"내가 백두파 장문인이 되지 않으려는 이유가 무엇인지 알고 싶지 않소?"

고란이 걸음을 멈추고 뒤돌아보자 쾌도비는 비웃는 듯한 엷은 미소를 머금었다.

"그대와 혼인을 해야 한다는 것이 가장 큰 걸림돌이오."

어둠 속에서도 고란이 움찔하는 모습이 쾌도비의 시야로 빨려 들어왔다.

그는 자신의 말이 조금쯤 그녀에게 보복을 했다는 생각이 들어 한술 더 떴다.

"그대와의 혼인 문제만 없으면 백두파의 장문인이 되는 것을 생각해 볼 수도 있소."

백두파의 규칙은 마치 삼라만상의 법칙처럼 절대로 움직일 수 없는 것이라서, 백두파의 장문인이 되면 고란과 혼인을 해야 한다는 규칙을 바꾸지 못할 것이라 여기고 마음껏 허풍을 치는 것이다.

"분명하게 말을 하세요. 내가 없으면 본 파의 장문인이 될 건가요?"

진창인지 늪인지도 모르고 이왕 내디딘 걸음이라 쾌도비는 한발 더 나갔다.

"그렇소."

그는 땅에 뿌리를 내린 듯 우두커니 서 있는 고란의 옆을 스쳐지나 전각으로 걸어갔다.

지나면서 슬쩍 보니까 그녀의 얼굴이 복잡하게 변해 있어서 그는 자신의 작은 보복이 성공했다는 생각에 조금 가슴이 후련해졌다.

쾌도비의 입가에 엷은 미소가 피어났다.

그가 들어오고 반각이 지났으나 고란이 아직 들어오지 않아서, 그녀가 그 문제로 꽤나 고심을 하고 있다는 생각에 절로 기분이 좋아진 탓이다.

"대사형, 무슨 좋은 일이 있으십니까?"

고단군은 미소를 짓고 있는 쾌도비에게 공손히 술을 따르면서 궁금한 얼굴로 물었다.

"별것 아니오."

그가 술을 단숨에 마시고 난 후에 연무혼이 실내를 두리번 거리더니 밖으로 나가는 모습이 보였다.

　아마 고란이 오랫동안 들어오지 않고 있으니까 찾으러 나가는 모양이다.

　연무혼이 고란의 고심하는 모습을 보고는 어떤 표정을 지을까 생각하니 쾌도비는 조금 더 기분이 좋아졌다.

　고란이 백두파 장문인의 부인으로 정해진 것은 절대 움직일 수 없는 규칙이거늘 그녀가 대체 무엇을 어떻게 할 수 있다는 말인가.

　"아악! 사매!"

　그런데 그때 밖에서 연무혼의 찢어지는 듯한 다급한 외침, 아니, 울부짖음이 터져 나왔다.

第八十七章

순망치한(脣亡齒寒)

—입술을 잃으면 이가 시리다

고단군과 은조 등이 밖으로 급히 우르르 달려나가고 나서
도 잠시가 지나서야 쾌도비는 여유 있는 걸음으로 느릿느릿
걸어 나왔다.

아마도 상심한 고란이 울고 있거나 그와 비슷한 행동을 하
고 있을 것이라고 짐작해서 대수롭지 않게 생각했다.

"란아!"

그런데 아까 고란이 서 있던 저만치 나무 아래에 사람들이
모여 있고, 그 안쪽에서 고단군의 처절한 울부짖음이 터져 나
오자 쾌도비는 움찔했다.

무슨 일인지는 모르겠지만 그가 짐작했던 일이 아닌 것만
은 분명했다.

그는 어느새 사람들이 모여 있는 곳으로 달려가기 시작했
다. 그리고 지켜보고 있는 은조와 여의삼령 어깨 너머로 안쪽
의 광경을 발견하고는 그 자리에서 얼어붙으면서 얼굴이 돌
덩이처럼 굳어버렸다.

고란은 땅에 반듯한 자세로 누워서 제멋대로 푸들푸들 온
몸을 떨고 있으며, 고단군이 두 손으로 그녀의 목을 움켜잡고
있는데, 그의 손가락 사이로 검붉은 피가 샘물처럼 뿜어 나오
고 있었다.

그리고 고란의 오른손에는 한 자루 검이 피를 흠뻑 머금은
채 쥐어져 있었다.

그 광경을 보는 순간 쾌도비는 어떻게 된 일인지 즉시 알아
차렸다.

고란은 자신의 검으로 목을 찔러 버린 것이다. 즉, 자결을
했다는 말이다.

'이런……'

쾌도비는 후드득 몸을 거세게 떨었다. 이러려고 고란에게
그런 심한 말을 했던 것이 아니었다.

그저 작은 복수심에서 그녀를 골탕 먹이려고 아무렇지도
않게 던진 말이었다.

하지만 그 작은 복수심이 만들어낸 결과는 너무 엄청났다. 그 결과로 인해서 쾌도비는 조금도 통쾌하지 않으며 외려 그녀에게 당했다는 기분이 들었다.

쾌도비는 정신이 멍한 중에 갑자기 그런 말이 생각났다. 아이들은 장난으로 돌을 던지지만, 그 돌에 맞는 개구리는 죽는다는 말이다.

그런 상황은 쾌도비가 어렸을 때 누구보다도 가장 절실하게 뼛속 깊이 경험하면서 자랐었다. 그 당시에는 그가 개구리였으며, 아이들이 무심코 던지는 돌에 맞아서 형편없이 다치고 깨졌었다.

그래서 그는 앞으로 살아가면서 다른 사람에게 쓸데없는 말이나 행동으로 상처를 주지는 않겠다고 마음속으로 수백 번도 더 맹세했었다.

그런데 아까는 잠시 동안 도대체 무슨 귀신이 씌었는지 평소의 그답지 않게 고란의 말에 발끈해서 무책임한 말을 내뱉고 말았다.

그리고 그 말로 인해서 벌어진 결과는 너무도 엄청났다. 고란은 자신의 검으로 자신의 목을 찔렀으나 사실은 쾌도비의 말이 칼이 되어 그녀의 목을 찌른 것이다. 쾌도비가 그녀를 죽인 것이다. 저 정도로 심하게 목을 찔렀으면 절대로 살아날 수가 없다.

그녀의 목에서 뿜어져 나오고 있는 피는 그냥 피가 아니라 그녀의 소리 없는 절규다.

'봐라! 나는 이렇게 네 말에 응답했다! 그러니까 너도 내 행동에 보답을 해라!'

이 급박하고도 절망적인 순간에 쾌도비는 또 하나 중요한 사실을 깨달았다.

고란이 한순간에 울컥하는 심정으로 제 목을 찔렀을 리가 없다. 그녀도 나름대로 고심을 했을 터이다. 아무도 없는 어두운 뜰을 서성거리면서 삶과 죽음의 기로에서 처절하게 몸부림을 친 결과가 죽음을 선택한 것이다.

그녀가 죽으면 백두파 장문인의 부인이 될 여자가 없어지는 것이므로, 자연히 이번만큼은 그런 규칙이 적용되지 않을 테고, 그래서 자결함으로써 그 규칙을 무용지물로 만들려 했던 것이 분명하다.

말하자면 쾌도비가 백두파의 장문인이 되는 일이 그만큼 중요하다는 뜻이다.

그녀의 목숨하고는 비교도 할 수 없을 정도로 말이다. 결국 그녀는 대의를 위해서 자신을 희생한 것이다.

"란아—!"

고단군의 피를 토하는 듯한 울부짖음이 아련하게 쾌도비의 귓전을 울렸다.

"비켜라!"

번쩍 정신을 차린 그는 은조와 여의삼령을 밀치면서 비틀
거리며 안쪽으로 들어가 보았다.

몸의 떨림이 점차 잦아들고 있는 고란은 눈을 부릅뜬 채 입
을 크게 벌리고 있었다.

그리고 그녀의 시선이 그녀를 굽어보는 쾌도비의 시선과
마주쳤다.

아니, 그녀는 이승의 끈을 놓고 이미 저승으로 들어간 상태
라서 눈에 초점이 없다.

그러므로 그녀가 자신을 보고 있다는 것은 단지 쾌도비 혼
자만의 생각일지도 모른다.

살아 있을 때에는 보는 이의 가슴을 상쾌하게 만들던 그토
록 아름다운 그녀의 커다란 두 눈은 지금 초점을 잃은 채 허
공을 이리저리 부유하고 있다.

그녀가 죽어가면서 눈으로 말하고 있었다.

'약속 지켜요. 그리고 꼭 백두파를 지켜주세요.'

'빌어먹을!'

쾌도비는 허파를 쥐어짜듯 속으로 씹어뱉으면서 급히 다
가들어 고단군을 밀쳤다.

"비키시오!"

옆으로 힘없이 쓰러지는 고단군의 얼굴이 눈물에 젖어 있

었지만 쾌도비는 발견하지 못했다.

쾌도비는 오른팔의 공력을 극도로 일으키면서 삼절심법의 기절(氣絶)을 운용했다.

삼절심법에는 도합 세 가지 무절(武絶), 기절, 영절(靈絶)이 있지만 그는 지금까지 운공조식을 해오면서 오직 무절만을 운용했었다.

그렇다고 기절과 영절을 아예 모르는 것은 아니다. 초창기에는 세 가지를 다 터득했었지만 차츰 기절과 영절이 그다지 필요하지 않다고 판단하여 소홀하게 됐었다.

그가 배운 바로는 무절은 무공 연마를 할 때, 기절은 공력을 여러 종류로 운용할 때, 영절은 심공(心功)을 익히거나 전개할 때 사용한다고 했었다.

즉, 기절은 공력을 기(氣)로 변환시켜서 여러 용도로 사용할 수가 있다.

지금 같은 경우에는 흡기(吸氣)와 접기(接氣)로 운용하려는 것이다.

그래서 그는 순간적으로 삼절심법의 기절을 일으켜서 고란의 뚫어지고 찢어진 목을 접합(接合)할 수 있지 않을까 하고 얼토당토않은 시도를 해보려는 것이다.

단지 오른팔의 공력을 이용하여 삼절심법의 기절을 일으키는 것으로 이미 이승과 저승의 강을 절반 이상 건너간 고란의 목 상처를 치료할 수 있을 것이라고는 생각하지 않았다.

하지만 아무것도 하지 않고 그냥 지켜보다가는 그가 미쳐 버릴 것만 같았다.

나중에 평생 살면서 후회가 될 것이니 뭐니 하는 따위의 생각은 들지 않았다.

그저 내가 죽게 만들었으니까 무조건 내 손으로 살려내야만 한다는 절박함밖에는 없었다.

"제발… 죽지 마라… 죽으면 안 돼…….."

쾌도비는 이대로 공력이 모조리 소진되어 다시는 공력을 되찾지 못하게 되더라도 좋다는 심정으로 오른손으로 고란의 목을 감싼 채 이를 악물고 중얼거렸다.

"이제는 안다. 너희 백두파가 얼마나 절박한지 깨달았으니까 제발 죽지 마라. 제발… 빌어먹을……."

은조와 고단군 등은 그의 피를 토하는 듯한 뇌까림을 듣고서야 그와 고란 사이에 알 수 없는 무슨 일이 있었던 것이라고 짐작했다.

고란의 목을 감싸 쥔 그의 손가락 사이로 계속 뭉클뭉클 붉은 피가 뿜어졌다.

"누가 내게 공력을 주입시켜 줘!"

쾌도비는 기절로써 고란의 상처를 접합시킬 수는 있지만 지금 상황으로는 자신의 공력이 부족하다고 판단하여 버럭

악을 쓰듯 외쳤다.

"내가 하겠소!"

고단군이 엎어지듯이 쾌도비 뒤쪽으로 가서 두 손바닥을
그의 등 명문혈(命門穴)에 밀착시키고는 자신의 공력을 아낌
없이 쏟아붓기 시작했다.

그러자 누가 먼저랄 것도 없이 고단군 뒤에 은조가, 그 뒤
로는 여의삼령, 연무혼, 마지막에 연건후가 선령의 등에 장심
을 붙이고 공력을 쏟아냈다.

조금 전까지만 해도 이들은 전혀 이질적인 두 부류의 사람
이었으나 지금은 한 몸 한 마음이 되었다. 고란이 그렇게 만
들었다.

"쿨럭……."

"……!"

얼마나 시간이 흘렀을까. 마침내 고란이 기침을 하면서 입
에서 핏물이 뿜어져 나오자 쾌도비는 흠칫 놀라 그녀를 쳐다
보았다.

쾌도비가 그녀의 목을 감쌌던 오른손을 떼었으나 피범벅
인 것은 여전했다. 하지만 더 이상 피가 뿜어 나오지는 않는
것 같았다.

긴장된 마음으로 조심스럽게 목을 쓰다듬었다. 피가 닦이

면서 상처가 보였다.

그런데 놀랍게도 상처가 붙어 있었다. 마치 씹던 고기처럼 이지러진 흉터지만, 피가 뿜어지던 상처가 붙은 것이다. 삼절심법의 기절로 목의 상처를 붙여보겠다는 말도 되지 않는 시도가 성공한 것이다.

고란의 눈도 차츰 초점을 찾아갔다. 그녀는 잠시 눈을 깜빡이다가 자신을 굽어보고 있는 일그러진 얼굴의 쾌도비를 바라보았다.

"왜……."

왜 자신을 살렸느냐는 원망이다. 그녀는 소생한 것이 조금도 기쁘지 않은 듯했다.

자신이 죽어야지만 쾌도비가 백두파 장문인이 될 텐데 살렸기 때문에 다시 원점으로 돌아갔다고 원망하는 눈빛을 쾌도비는 알아차렸다.

"미안하다……."

이들 백두파 사람이 얼마나 절박했는지에 대해서 자신이 지나칠 정도로 무심했던 것을 뉘우쳤다.

아니, 무심했던 것이 아니라 그것은 내 일이 아니기 때문에 아예 귀를 닫고 들으려고 하지 않았었다. 철저한 무관심이었던 것이다.

그는 백두파의 장문인이 되어달라는 부탁을 심각하게 생

각한 적이 없었다.

단지 원치 않는 귀찮은 일이라고만 치부했었다. 그래서 옷에 묻은 먼지를 털어내듯이 간단하게 거절했었다.

쾌도비는 자신이 백두파의 장문인이 되는 것을 수락하지 않는 한 고란이 또다시 두 번이고 세 번이고 계속 죽음을 택할 것이라는 사실을 알고 있다.

그 방법은 그가 가르쳐 주었다. 그 일이 있기 전이었다면, 그녀의 죽음은 그저 타인의 죽음이었겠으나 지금은 쾌도비의 책임이 돼버렸다. 자승자박(自繩自縛). 자기 손으로 제 몸을 칭칭 묶어버렸다.

"당신……."

여전히 목이 아픈 고란은 말을 하는 것이 몹시 힘겨워서 얼굴을 일그러뜨렸다.

"날 만지고 있어……."

자신을 안고 있는 쾌도비에게 죽다가 간신히 살아난 그녀는 딴소리를 했다.

쾌도비는 이글거리는 뜨거운 시선으로 그녀를 굽어보며 고개를 끄떡였다.

"알았다. 네 뜻대로 하마."

고란의 눈이 설핏 미소를 짓는 것 같았다.

"정말……."

"그래. 백두파의 장문인이 돼주마."

그렇게 말하는 쾌도비는 무거운 짐을 양어깨에 메는 기분이 들 줄 알았는데 외려 지고 있던 짐조차도 내려놓은 듯한 홀가분한 기분이 들었다.

쾌도비는 유정거에서 두 번째 잠을 자게 되었다.

지난번 은조와 첫날밤을 보냈던 방에 두 사람, 아니, 잠자리 시중을 들러 미령까지 들어섰다.

고란을 구해서 방의 침상에 눕혀놓은 후에 그녀가 잠이 드는 모습을 보고 나서 다들 모여 계속 술을 마셨기 때문에 쾌도비와 은조, 미령까지 적당히 취한 상태가 되었다.

쾌도비가 다급한 상황에 전개한 삼절심법의 기절 수법은 고란을 더 이상 치료하지 않아도 될 정도로 완벽하게 치료해놓았다.

그렇지만 여러 사람이 쾌도비에게 공력을 모아주지 않았더라면 그녀를 치료하는 일은 불가능했을 것이다.

술을 마시면서 고단군과 연무혼은 쾌도비가 고란에게 했던 말, 즉 백두파의 장문인이 되겠다는 것이 허언이 아닌 진심이라는 사실을 확인하고는 크게 기뻐했다.

그래서 술자리는 더 길어졌으며 들뜬 분위기 덕분에 생각했던 것보다 더 많이 마셨다.

"이제 됐다. 나가봐라."

은조의 말에 침상의 이불을 정리한 미령은 공손히 허리를 굽히고는 문으로 걸어갔다.

은조는 쾌도비와 미령의 관계를 알고 있지만 그 일을 내색한 적이 없어서 미령은 은조가 아무것도 모르고 있을 것이라고 생각했다.

자신보다 앞서 쾌도비와 정사를 한 미령의 잠자리 시중을 받은 은조는 묘한 생각이 들었다.

그때 은조는 미령이 나가면서 쾌도비를 돌아보며 뜻 모를 희미한 미소를 짓는 것을 발견했다.

그러나 쾌도비는 짐짓 못 본 체하면서 딴청을 부리다가 은조와 시선이 마주치자 어색하게 웃었다.

"하하! 어서 자자."

"조아 네가 내 여자가 되다니 나는 아직도 꿈을 꾸는 것만 같다."

쾌도비는 가냘픈 은조의 나신을 육중한 몸으로 찍어 누르면서 그녀의 목을 입술로 부드럽게 애무하며 속삭였다.

"아……."

은조는 두 손으로 그의 등을 힘껏 끌어안은 상태에서 눈을 감고 낮은 신음을 흘렸다.

쾌도비의 말에 뭐라고 대답을 해줘야 하는데 그럴 상황이 아니기 때문이다.

그녀의 몸속에는 쾌도비의 음경이 들어와 있다. 그대로 그냥 가만히 있으면 그나마 괜찮을 텐데 진퇴를 거듭하기 때문에 고통스럽기 짝이 없어서 정신이 하나도 없다.

정사라는 것이 이처럼 고통스러운 것인지는 경험해 보기 전에는 상상도 못했었다.

옥문이 다 찢어지고 자궁이 짓이겨지는 것은 고사하고 거대한 음경이 내장을 뚫고 목구멍까지 솟구치는 것만 같아서 숨을 쉬는 것조차도 힘들었다.

그런 상황이니 그의 달콤한 속삭임이 귀에 들어올 리가 없으며 그저 빨리 이 일이 끝나기만을 고대할 뿐이다.

쾌도비는 호연과 우령, 미령하고 정사를 할 때 그녀들이 극도의 황홀경에 빠지는 모습만을 봐왔으므로 은조도 당연히 그럴 것이라고 여겼다.

그래서 그녀가 눈을 꼭 감고 신음을 흘리며 몸을 바들바들 떠는 것이 쾌감 때문일 것이라고 믿기에 더욱 황홀하게 해주려고 한층 더 격렬하게 몸을 움직였다.

"헉헉… 정말이지 조아 너는 최고다… 인간의 몸이 이처럼 완벽하다니……."

쾌도비는 상체를 일으켜 그녀의 두 다리를 양손으로 잡고 활짝 벌린 상태에서 야수처럼 짓밟으면서 헐떡거렸다.

자신과 은조가 성기로써 결합되어 있다는 것, 자신의 음경이 체액을 흠뻑 묻힌 상태로 그녀의 옥문 속으로 깊숙이 사라졌다가 나타나기를 반복하는 것을 굽어보면서 그는 그녀가 너무도 사랑스러웠다.

은조는 두 눈을 꼭 감은 상태에서 어서 빨리 이 고통스러운 행위가 끝나기만을 빌었다.

확!

"아······."

그때 갑자기 쾌도비가 그녀의 몸을 잡고 가볍게 뒤집어서 두 손과 두 무릎으로 개처럼 엎드리게 하고는 뒤에서 공격하기 시작했다.

"으으··· 너의 둔부는 정말 최고다··· 이렇게 아름다운 둔부는 본 적이 없다······."

원래 사내들이란 여자의 둔부에 환장한다. 더구나 은조처럼 더 이상 완벽할 수 없는 둔부에는 쾌도비마저도 이성을 잃어버렸다.

문 밖에 서 있는 미령은 실내에서 들려오는 쾌도비의 환호성 같은 찬사를 듣고는 부지중 자신의 둔부를 두 손으로 어루만져 보았다.

쾌도비는 그녀와 관계를 할 때 둔부를 공격하는 것을 좋아했으며 예쁜 궁둥이라고 칭찬했으나 방금 은조에게 했던 최고의 찬사까지는 아니었다.

미령은 오늘 밤에 은조의 호위당번이라 문 밖에 서서 지키고 있지만, 실내에서 흘러나오는 온갖 소리 때문에 너무 흥분해서 혼절하기 직전이 돼버렸다.

예전처럼 남자를 전혀 몰랐으면 그저 부끄러워하고 말 일이지만, 남자 그것도 쾌도비와 여러 차례 깊고도 격렬한 정사를 나누고 또 이대로 죽어도 좋다고 생각할 만큼 황홀경의 극한까지 가본 경험이 있기에, 실내에서 흘러나오는 소리에 무심할 수가 없었다.

지금 저 방 안에서 쾌도비의 공격을 받고 있는 사람이 은조가 아닌 자신이라는 착각에 빠져서 미령은 등을 벽에 기대고 허벅지를 한껏 오므린 채 어쩔 줄을 모르고 있었다. 정신적인 절정에 이르고 있는 것이다.

더구나 그녀는 오늘 밤에 정도 이상으로 술을 많이 마신 탓에 정신마저 가물가물해서 현실과 상상이 제대로 구별되지 않는 상태다.

"……."

그때 실내에서 무슨 외침 같은 소리가 들린 것 같았다. 아득하게 정신이 없는 상황에서 얼핏 들었지만 은조가 미령을 부르는 소리 같아서 깜짝 놀라 급히 문을 열고 안으로 달려 들어갔다.

"부르셨……."

그러나 달려 들어간 미령은 말을 끝까지 잇지 못했다. 침상 위에 눈부신 나신의 은조가 엎드려 있고 그 뒤에서 쾌도비가 공격하고 있는 광경을 목격하고는 모든 동작과 사고가 마비되어 버렸다.

쾌도비는 미령을 봤으나 상관하지 않고 땀을 뻘뻘 흘리면서 하던 일을 계속 했고, 무릎을 꿇고 엎드린 자세의 은조는 고통에 일그러진 얼굴로 쳐다보다가 미령을 발견하고는 움찔 몸이 굳어버렸다.

미령은 은조의 얼굴을 보는 순간 어떻게 된 상황인지 즉시 알아차리고 정신이 번쩍 들어 급히 침상으로 다가가 쾌도비의 몸을 밀쳤다.

"그만해요!"

쾌도비는 약간 뒤로 물러나 한껏 성난 음경을 건들거리면서 의아한 얼굴로 미령을 쳐다보았다.

"왜 그러느냐?"

"소루주께서 고통스러워하시잖아요."

미령은 엎드려서 둔부를 높이 들고 있는 은조를 가리키며 쾌도비를 책망했다.

"그랬었어?"

쾌도비는 정사가 추호도 좋지 않고 고통스럽기만 하다는 은조의 솔직한 고백을 듣고는 크게 놀라더니 곧 미안한 표정을 지었다.

"난 그런 것도 모르고……."

"미안해요."

은조는 큰 죄인이라도 된 듯 무릎을 꿇고 앉아서 쾌도비에게 고개를 숙였다.

그 바람에 너무도 탐스러운 뽀얀 젖가슴이 출렁이는 것을 보며 쾌도비는 고개를 가로저었다.

"조아가 사과할 일이 아냐. 오히려 아무것도 모르고 무지막지하게 굴었던 내가 미안하지."

"그래요. 소루주 잘못이 아니에요. 저런 무지막지한 흉기로 거침없이 쑤셔대는 사람이 잘못한 거예요. 속하도 처음에는 저것에 찔려서 죽는 줄 알았다고요."

미령은 여전히 가라앉지 않은 채 건들거리고 있는 쾌도비의 음경을 가리키면서 거침없이 말을 해놓고는 뭔가 잘못된 것 같다는 생각이 들었다.

'아차…….'

은조는 씁쓸한 표정으로 미령을 쳐다보고, 쾌도비는 손짓으로 미령을 불렀다.

"이리 와라."

미령이 쭈뼛거리면서 침상으로 다가가자 쾌도비가 그녀의 손을 잡고 침상에 앉히며 말했다.

"내가 너하고 잤다는 것을 조아에게 고백했다."

"악!"

몹시 취한 중에도 미령은 소스라치게 놀라서 짧은 비명을 터뜨렸다.

쾌도비가 제시한 방법은 말도 되지 않는 것이지만 은조는 거절하지 못했다.

미령은 자신과 쾌도비의 밀애가 탄로 나서 은조가 죽이겠다고 하면 고스란히 죽을 수밖에 없는 상황이라 쓰다 달다 말을 할 입장이 아니었다.

"정사는 남녀 둘 다 즐거워야 한다는 것이 내 생각이다. 그런데 조아 네가 그토록 고통스럽다면 앞으로 나는 너하고는 정사를 할 수가 없어. 절대로 그럴 수는 없지."

연인이 그리고 부부가 정사를 하지 못한다는 것은 연인이며 부부인 관계를 포기해야 한다는 뜻이다.

쾌도비의 말에 은조는 부끄러움과 수치심을 무릅쓰고 승낙할 수밖에 없었다.

쾌도비가 제시한 방법이란, 자신과 미령이 정사를 하는 광경을 은조가 지켜보면서 배우라는 것이며, 그다음에는 셋이 함께 정사를 해보자는 것이었다.

은조는 자신의 눈앞에서 벌어지고 있는 광경이 도저히 믿어지지 않는다는 경악의 표정으로 눈도 깜빡이지 않고 지켜보았다.

쾌도비는 아까 은조에게 하듯 거칠게 미령을 짓밟고 있는 중이고, 실오라기 한 올 걸치지 않은 미령은 온몸을 버둥거리면서 그에게 협조하고 또 들러붙어서 연신 죽을 것 같은 온갖 교성과 신음을 쏟아내고 있었다.

그렇지만 그것이 은조 자신이 흘리던 고통의 신음하고는 질적으로 판이한 극도의 쾌감과 황홀함에서 저절로 터지는 신음이라는 것을 한눈에 알 수 있었다.

그걸 보면서 은조는 하나의 깊은 깨달음을 얻었다. 정사를 할 때는 쾌도비만이 아니라 은조 자신도 적극적이어야 한다는 사실이다.

그리고 저 사람이 원하니까 어쩔 수 없이 응해준다는 의무적인 마음을 버리고, 마음속 깊이 사랑이 넘쳐서 행위에 임해야 한다는 사실을 깨달았다.

미령은 쾌도비보다 더 적극적이었다. 오히려 그녀가 정사를 이끌고 있었다.

그녀는 은조보다 두 살이나 어린데도 땀에 흠뻑 젖은 온몸을 꿈틀거리고 뒤틀면서 쾌도비의 공격에 완벽한 방어를 하고 있는 모습이 영락없는 요부(妖婦)였다.

한바탕 폭풍우가 지나간 후에 은조는 쾌도비와 미령의 정사가 그로써 끝난 줄 알았으나, 미령이 자세를 바꾸어 아까 은조처럼 엎드리는 것을 보고 의아한 표정을 지었다.

그러나 진짜 경악할 일은 바로 그때 일어났다. 쾌도비의 거대한 음경이 옥문이 아닌 다른 곳으로 진입하고 있는 광경을 목격한 것이다.

"거긴……."

은조도 한 번 당한 적이 있어서 죽다가 살아났었는데, 지금 미령은 제 스스로 원하는 것처럼 행동하고 있지 않은가.

그날 밤 은조는 여자로서 새롭게 태어났다. 정사가 죽을 것 같은 고통이 아닌, 말로는 뭐라고 표현할 수 없을 정도로 황홀한 그 무엇이라는 사실을 체험했기 때문이다.

그렇지만 그러기 위해서 은조가 지불한 대가는 너무 컸다.

쾌감을 느끼기 시작한 은조를 보고는 색마로 돌변한 쾌도비에 의해서 무참하게 짓밟힌 탓에 아랫도리가 자기 것 같지 않을 정도로 얼얼했다.

그리고 수하인 미령하고 셋이서 정사를 나누었고 앞으로도 종종 그래야 할 것 같은 예감이 들었기 때문에 은조는 마음이 매우 복잡해졌다.

이른 아침에 미령이 이불 속에서 슬며시 빠져나가 옷을 입고 부리나케 밖으로 나가는 기척에 쾌도비와 은조는 잠이 설핏 깼다.

은조는 온몸이 너덜너덜해진 느낌이지만 마음만큼은 더없이 행복했다.

이제야 비로소 쾌도비의 진정한 여자가 된 것 같은 기분이기 때문이다.

"사랑해요……."

은조는 눈을 뜨고 끔뻑거리는 쾌도비의 품으로 파고들면서 달콤하게 속삭였다.

"흠. 사랑은 행동으로 하는 거야."

"아……."

쾌도비는 음흉하게 미소 짓더니 은조를 가볍게 뒤집어 엎드리게 해놓고 그 위에 몸을 실었다.

"아… 여보… 거기는……."

은조는 깜짝 놀라 안타까이 버둥거리면서도 자신도 모르는 사이에 둔부를 뒤로 불쑥 내밀어 협조를 하고 있는 자신을 발견했다.

*　　　　*　　　　*

정오가 되어갈 무렵에 저만치 소요장이 보이는 관도 상에 일단의 무리가 나타났다.

모두 말을 탔으며 뒤쪽에 마차가 한 대 따르는데 쾌도비와 고단군 일행이다.

자신이 내린 결정이나 내뱉은 말에 대해서 언제나 그렇듯이 쾌도비는 백두파 장문인의 자리를 수락한 것에 대해서 후회하지 않았다.

장문인 자리를 억지로 떠맡은 것이 아니라 그들의 절박함과 자신 말고는 그 일을 할 사람이 아무도 없다는 사실을 깨달았기 때문이다.

이제 고단군 등 백두파 사람들도 자신의 가족이라는 생각에 소요장으로 함께 오는 길이다.

마차 안에는 아직 상처가 완쾌되지 않은 고란이 타고 있으며 연무혼이 마차를 몰고 있다.

쾌도비는 오른편에 은조, 왼편에 고단군과 함께 나란히 말을 타고 가면서 이것저것 대화를 나누었다. 백두파의 위치와 체계, 문파 내의 등급, 무공 등에 대해서 대화를 나누는데 애기가 한도 끝도 없이 이어졌다.

"여보, 저길 보세요."

고단군과 애기를 나누고 있던 쾌도비는 은조가 가리키는 소요장 전문을 쳐다보았다.

뜻밖에도 전문이 활짝 열려 있었다. 소요장은 북황도의 하북지부 역할을 하는 곳이라서 저런 식으로 전문을 열어두는 법이 없다.

그때 쾌도비는 소요장 담 너머에서 무언가 음울한 기운이 스멀거리는 것과 역한 피비린내가 바람을 타고 훅! 끼쳐오는 것을 감지했다.

휘익!

휙!

쾌도비만이 아니라 은조와 고단군도 거의 동시에 그것을 감지했기에 세 사람은 마상에서 신형을 날려 곧장 소요장을 향해 일직선으로 날아갔다.

쾌도비와 은조는 눈앞에 벌어져 있는 광경을 절대로 믿을 수 없다는 표정을 지었다.

"여보… 흑!"

은조는 침상에 놓여 있는 시체를 차마 쳐다보지 못하고 울음을 터뜨리며 쾌도비 품에 안겼다.

"흐으으……."

조금 전에 쾌도비는 소요장 마당 여기저기에 널브러져 있는 대여섯 구의 북황고수 시체를 발견하고는 그때부터 제정신이 아니었다.

그는 제일 먼저 요령에게 달려갔었고, 그 방에서 머리가 박살 나서 죽은 처참한 모습의 요령을 발견했었다. 머리가 박살 났다고 해도 그녀를 알아보지 못할 그가 아니다. 혹독한 고문과 오랜 혼절로 피골이 상접한 앙상한 몰골의 시체는 틀림없는 요령이었다.

그리고 넋이 나간 채 엎어지듯이 달려 들어온 이 방의 침상에는 우령이 허리가 통째로 으깨져서 잘라진 참혹한 모습으로 죽어 있었던 것이다.

도검으로 자른 모습이 아니다. 강력한 장력이나 강기로 복부를 적중시켜서 짓이겨 몸통이 끊어진 것이다.

"으흐흐흐……."

눈을 부릅뜬 채 천장을 쏘아보고 크게 벌린 입에서 흘러나온 피가 꾸덕꾸덕 굳어 있는 모습의 우령을 보면서 쾌도비는 사시나무 떨듯이 몸을 떨면서 신음을 흘렸다. 그의 온몸은 온통 충격과 분노로 가득 찼다.

요령과 우령이 죽었다. 그 광경을 분명히 봤는데도 그는 그 사실을 믿을 수가 없었다. 혼절에서 깨어난 그녀들이 그의 품에 안겨서 했던 말들이 아직도 머릿속에 생생하게 남아 있는데 하룻밤 새에 끔찍한 주검으로 그를 맞이하다니 어찌 믿을 수 있다는 말인가.

쾌도비는 쓰러질 듯이 비틀거리면서 침상으로 다가갔다. 침상은 온통 피범벅이었으며 바닥까지 흐른 피가 흥건하게 고여 있었다.

복부와 가슴 부위가 으깨져서 통째로 끊어지며 쏟아져 나온 창자와 내장 따위가 어지럽게 흩어져 있었지만, 쾌도비는 천천히 상체를 숙여 와들와들 떨면서 두 팔로 우령을 조심스럽게 끌어안았다.

"령아……."

그의 눈에서 통한의 눈물이 쏟아져서 창백한 우령의 얼굴로 떨어졌다.

소요장에서 가장 큰 전각의 대전 한가운데에 시체들이 나란히 눕혀져 있다.

죽은 사람은 요령과 우령만이 아니었다. 소요장에 있던 북황고수 삼십여 명이 한 명도 남김없이 모조리 죽었으며, 무엇보다도 큰 충격은 위걸마저도 소요장 뒤뜰에서 몇 명의 북황고수와 함께 싸늘한 시체로 발견됐다는 사실이다.

위걸은 도검에 의해 목이 잘렸으며 또한 한쪽 어깨에서 반대편 옆구리까지 비스듬히 몸통이 잘라져 있었다.

목이든 몸통이든 잘라졌으면 이미 죽었을 텐데 흉수는 죽여놓고서 한 번 더 칼질을 했다. 흉수의 분노가 위걸 역시 두 번 죽였다.

이제는 더 이상 그의 우렁찬 목소리와 호탕한 웃음소리를 들을 수 없게 되었다.

수십 구의 시체 앞쪽에는 쾌도비와 은조, 여의삼령, 고단군, 연무혼이 늘어서 있으며 모두들 침통하기 짝이 없는 표정으로 아무도 입을 열지 않았다.

소요장에 있던 사람이 한 명도 살아남지 못했는데도 대체 누가 이들을 죽였는지 짐작조차도 할 수가 없다.

어떤 특정한 수법에 의해서 죽은 시체는 한 구도 없으며, 모두 도검이나 장력, 강기 등에 의해서 무자비하게 그리고 잔인하게 죽었기 때문에 흉수가 누구인지 알아내는 것은 불가능할 것 같았다.

충격과 슬픔을 간신히 억누른 은조는 시체들을 한 구씩 차근차근 살피기 시작했다.

그렇지만 쾌도비는 여전히 엄청난 충격에서 벗어나지 못하고 있는 모습이다.

아니, 어쩌면 그는 죽을 때까지 지금의 충격에서 벗어나지 못할지도 모른다.

그리고 지금의 분노와 절망이 그가 어디를 가든 무엇을 하든 끈질기게 따라다닐 것이다.

만약 그가 어제 유정거로 가지 않고 소요장에 있었더라면 이런 참극은 막을 수 있었을 것이라고 생각하니까 더욱 견딜 수가 없다.

고단군과 연무혼 또한 죄책감에서 자유롭지 못한 상황이다. 쾌도비가 유정거에 온 이유가 자신들을 만나기 위해서였기 때문이다.

고로 이 참극의 원인은 자신들이라는 생각에 고단군과 연무혼은 몹시 괴로운 표정이다.

쾌도비는 자신의 앞쪽에 나란히 눕혀 있는 세 구의 시체에서 시선을 떼지 못했다.

요령과 우령, 그리고 호연이다. 쾌도비에게 버림을 받았던 호연도 죽음을 피하지는 못했다.

쾌도비는 호연에게도 미안한 마음이지만 요령이나 우령만큼은 아니다.

"이것은 한 사람 소행인 것 같아요."

그때 시체들을 살피던 은조가 일어서며 쾌도비에게 조심스럽게 말했다.

"시신들을 살펴보니 흉수는 두 가지 수법을 전개했어요. 하나는 강기이고 또 하나는 검법이에요."

시체들을 낱낱이 살핀 은조는 자신이 직접 눈으로 본 것처럼 자신 있게 말했다.

"또한 흉수는 몹시 분노한 상태였으며 최소한 강호육비 이상의 절정고수가 분명해요."

그녀의 분석을 믿지 않는 사람은 아무도 없었다. 단 한 명이 위걸을 비롯한 삼십여 명을 모조리 죽이다니, 도대체 누군지 짐작조차 되지 않았다.

그때 대전 밖에서 누군가의 발걸음 소리가 들리자 쾌도비를 비롯한 모든 사람이 일제히 밖으로 달려나갔다.

제일 먼저 뛰어나간 쾌도비는 비틀거리면서 전각 앞의 돌계단을 올라오고 있는 흑심녀를 발견하고 안색이 변했다.

"흑심녀!"

"도비……."

쾌도비를 발견한 흑심녀는 다리에 힘이 풀려서 돌계단 중간에 그대로 주저앉았다.

"대관절 이게 어떻게 된 일이냐? 그리고 너는 어떻게 살아있는 것이냐?"

쾌도비는 흑심녀 앞에 자세를 낮추고 앉아 그녀의 양어깨를 잡고 거칠게 흔들며 쏟아내듯이 물었다.

"나는……."

흑심녀의 얼굴은 마치 귀신이라도 본 것처럼 창백하게 질려 있었다.

"갑자기 여기저기에서 비명 소리가 들려오기에 너무 무서워서 뒤뜰에 있는 측간에 숨어 있었어……."

강심장인 그녀는 공포에 질려서 비 오듯이 눈물을 흘리면서 몸을 덜덜 떨었다.

"그런데 흉수가 뒤뜰로 오는 것 같아서 즉시 귀식대법을 전개하고는 문틈으로 밖을 내다봤어……."

그녀는 귀식대법으로 호흡과 심장박동까지 멈춘 상태에서 그곳에서 마치 신선처럼 생긴 선풍도골의 노인이 위걸과 북황고수들을 마치 어린아이 다루듯이 무차별 주살하는 광경을 목격했다.

은조는 흑심녀가 봤다는 선풍도골 노인의 용모를 캐묻고는 망연자실한 표정을 지었다.

"천절성군이에요… 틀림없어요."

천절성군을 가장 가까이에서 봤던 은조가 확신하는 말이니까 틀릴 리가 없다.

"으드득… 천절성군 이놈!"

쾌도비는 극도로 분노하여 이를 갈면서 눈에서 새파란 안광을 줄기줄기 뿜어냈다.

천절성군이 소요장을 어떻게 알아냈는지는 모르지만 이것은 절대로 용서할 수 없는 만행이다.

그는 자신의 딸 영호빈과 두 제자 용연풍, 백무평의 복수를 하려던 것이 분명하다.

쾌도비는 천절문 전체를 상대하더라도 기필코 천절성군을 죽이고 말겠다고 결심했다.

"저기 봐요!"

그때 선령이 갑자기 하늘을 가리키며 뾰족하게 외쳤다.

쾌도비가 급히 쳐다보니까 소요장 뒤쪽에서 날아오른 듯한 한 마리 새가 비스듬히 하늘로 빠르게 솟구치고 있는데 비둘기였다.

또한 비둘기 발목에 가느다란 대롱이 묶여 있는 것으로 미루어 전서구가 분명했다. 근처에서 누군가 방금 전서구를 날린 것이다.

"철황아, 잡아라."

슈웃!

쾌도비는 허공에 대고 명령하고는 돌계단을 박차고 수직으로 솟구쳤다.

이어서 전각 위를 넘어 방금 전서구가 날아오른 소요장 뒤쪽을 향해 비조처럼 쏘아갔다.

마지막 전각 지붕 위를 전력으로 쏘아가고 있는 쾌도비의 시야 속으로 소요장 뒷담 밖의 울창한 숲 속을 한 명의 홍의인이 도주하고 있는 광경이 들어왔다.

그는 도주하고 있는 홍의인이 천절성군은 아니지만 그와 깊은 연관이 있을 것이라 확신했다.

홍의인의 경공술은 매우 빨랐으나 쾌도비의 수중에서 벗어날 수 있을 정도는 아니었다.

第八十八章

유출유괴(愈出愈怪)

——갈수록 더욱, 괴상해진다

쿵!

"윽!"

쾌도비는 두 다리를 잘라서 제압한 홍의인을 원래 위치로 끌고 와서 땅에 내던졌다.

"여보! 이것 좀 읽어보세요!"

그가 홍의인을 고문하려고 다가서려는데 은조가 조금 전 철황이 잡은 전서구의 발목 전통에 들어 있던 서찰을 읽어보고는 안색이 변하여 그에게 내밀었다.

천절성군은 북각(北閣)으로 보냈습니다. 소요장에 백두파 고단군 일행과 무정도 일행이 같이 도착했습니다.

—홍마칠로주(紅魔七路主)

"홍마칠로라니?"

쾌도비의 어깨너머로 서찰을 함께 읽던 고단군이 놀라는 표정으로 낮게 외쳤다.

쾌도비와 고단군 등 모두의 시선이 두 다리가 잘라져서 땅에 나뒹굴어 있는 홍의인에게 집중되었다. 전서구를 날린 그자가 홍마칠로라고 직감한 것이다.

"홍마라는 것은 파천마가 이끄는 총마련 휘하의 아홉 조직인 구마(九魔) 중 하나입니다! 각 마 휘하에는 백로(百路)가 있으며, 저자는 홍마칠로의 노주(路主)입니다!"

쾌도비는 지금의 상황이 금세 이해가 되지 않았다. 흑심녀가 목격한 바에 의하면 소요장의 혈겁을 일으킨 흉수는 천절성군인데, 어째서 느닷없이 파천마와 총마련 따위가 튀어나온다는 말인가.

"자세히 설명해 보시오!"

극도의 분노를 겨우 억누르고 있는 쾌도비가 버럭 외치는데도 고단군은 차분하게 설명했다.

"소제의 추측으로는 파천마가 천절성군을 이곳으로 보낸

것 같습니다."

"파천마가 천절성군을? 그게 무슨 소리요?"

파천마와 천절성군은 어떤 식으로든 연결이 되지 않기에 쾌도비는 더욱 궁금했다.

"파천마의 목표는 백두파의 일대 적통제자인 소제들 세 사람을 죽이는 것입니다. 그자는 대사형이 백두파 제자라는 사실을 아직 모르고 있습니다."

쾌도비는 그제야 뭔가 조금 알 것 같았다. 하지만 감정이 들끓어서 깊게 생각하고 싶지 않았다.

"파천마가 천절성군을 이곳으로 보낸 것은 그를 수하로 끌어들이려는 목적인 것 같습니다."

은조가 놀라는 표정을 지었다.

"파천마는 무정도하고는 아무런 은원이나 이해관계가 없는 상황이지만, 천절성군을 수하로 끌어들이려는 단순한 목적 때문에 그가 원하는 것, 즉 무정도가 있는 위치를 그에게 알려준 것이군요?"

"현재 상황을 봐서는 그런 것 같습니다. 파천마는 천절성군이 혈안이 되어 대사형을 찾고 있다는 것과 대사형이 계신 곳 등을 훤하게 알고 있는 듯합니다."

은조는 알겠다는 듯 고개를 끄떡였다.

"천절성군과 파천마가 모종의 거래를 한 것 같군요."

"그렇겠지요. 파천마가 대사형의 위치를 알려주는 대신 천절성군이 무언가 해주는 조건이겠지요."

"그런데 천절성군은 무정도를 죽이지 못했어요. 그렇다면 거래가 성립되지 않겠지요?"

고단군은 어두운 얼굴로 고개를 저었다.

"파천마는 그리 호락호락한 자가 아닙니다. 천절성군이 옴짝달싹하지 못할 그물을 쳐놨을 겁니다."

은조는 총명한 눈을 반짝였다.

"예를 들면 무정도를 죽이게 해주겠다는 것이 아니라 무정도가 있는 곳을 알려주는 조건 같은 건가요?"

고단군은 자신이 생각하지 못했던 것을 은조가 지적하자 그녀의 총명함에 적잖이 놀랐다.

"그럴 겁니다."

그는 쾌도비가 쥐고 있는 전서구의 서찰을 가리켰다.

"서찰에는 천절성군이 북각으로 갔다고 했습니다. 총마련의 동서남북 네 군데 소굴 중 하나가 북각입니다."

은조는 어두운 표정으로 고개를 끄떡였다.

"천절성군은 무정도를 죽일 수만 있다면 어떤 희생이라도 각오하려는 심정일 거예요. 그러니까 파천마로서는 다루기 쉬운 상대이지요."

고단군은 두 다리가 잘리고 마혈이 제압된 채 꼼짝도 못하

는 상태에서 신음을 흘리며 이쪽을 노려보고 있는 홍마칠로
주를 턱으로 가리켰다.

"그런데 뜻밖에도 이곳을 감시하고 있던 저자가 우릴 발견
한 것입니다. 대사형과 소제들이 같이 있다는 사실을 파천마
가 알게 되면 끝장입니다."

만약 홍마칠로주가 전서구를 날리는 것을 조금 신중하게
행했다든지, 아니면 나중에 실행했든가, 쾌도비가 그를 잡지
못했더라면 인력으로는 도저히 어찌지 못하는 엄청난 결과가
벌어질 뻔했다.

파천마는 무정도가 백두파 장문인이 될 것이라는 사실을
꿈에도 모르고 있기 때문에 그를 단순히 천절성군을 끌어들
이는 미끼로 이용했을 뿐이다.

"대사형, 어쨌든 우선 이곳을 한시바삐 벗어나는 것이 좋
겠습니다."

쾌도비는 듣지 못한 듯 독한 눈빛을 흘려냈다.

"이곳에서 파천마든지 천절성군이 오는 것을 기다리는 것
은 어떻소?"

은조와 고단군 등의 안색이 급변했다. 그들은 쾌도비의 분
노와 상심이 상상했던 것보다 훨씬 커서 이성을 잃었다는 사
실을 깨달았다.

"여보, 천절성군은 무황천신하고는 비교가 안 될 정도로

고강해요."

은조가 안타깝게 말하자 고단군도 가세했다.

"생전에 사부님께서는 중원의 사신, 즉 사대천존하고 한 차례씩 일대일로 겨뤄봤다고 말씀하셨습니다."

고단군의 얼굴이 더욱 진지해졌다.

"그 결과 여의천후와 북천절은 이겼고 천절성군하고는 백 중지세로 승부를 내지 못했었다고 들었습니다."

그 얘기는 연도천이 천절성군과 비슷한 수준이고, 연도천을 죽인 파천마는 그보다 우위라는 것이다.

다시 말하면, 쾌도비가 이곳에서 그 둘을 기다리는 것은 자살행위라는 뜻이다.

분노가 정수리를 뚫고 뿜어질 정도지만 원래 아둔패기가 아니라서 쾌도비는 간신히 감정을 억제하고 두 사람의 뜻에 따르기로 했다.

쾌도비 일행이 자신들이 마땅히 갈 곳이 없다는 사실을 깨닫는 데에는 그리 오랜 시간이 걸리지 않았다.

현재 중원에 나와 있는 고단군을 비롯한 백두파 제자들은 총마련에 추적을 당하는 신세이고, 쾌도비는 온 천하가 혈안이 되어 찾고 있는 인물이므로 행동이나 거처를 정하는 것에 만전을 기해야만 한다.

그렇다고 불을 지고 유정거에 갈 수는 없다. 소요장에 있던 사람들이 떼죽음을 당했는데, 만약 발각되면 유정거라고 무사할 리가 없다. 오히려 유정거에는 발길마저 끊어야 한다.

"꼭 북경이어야 할 필요가 있을까요?"

"총마련의 세력은 상상하는 것 이상이므로 우리가 어디에 있든지 파천마는 기필코 찾아낼 것입니다."

"이대로 백두산으로 가는 것은 어떻습니까?"

"중원의 일을 아직 깨끗하게 정리하지 못했소."

"절대로 찾아내지는 못하는 곳이면서도 사통팔달의 요지였으면 좋겠어요."

어려운 상황인데도 불구하고 요구되는 조건은 여러 가지가 쏟아졌다.

전서구를 날렸던 총마련의 홍마칠로주를 제압했다고는 하지만 시간이 그리 여유로운 편은 아니다.

소요장을 감시하고 있던 홍마칠로주에게서 지금처럼 계속 별다른 연락이 없으면 총마련의 인물들이 확인을 하려고 부지불식간에 들이닥칠지도 모르는 일이다.

옛말에도 무식하면 손발이, 그리고 삼대가 고생한다고 했었다. 그리고 총명한 사람은 사막에서도 시원한 물을 마실 수 있다고도 했다.

무리 중에서 가장 똑똑한 은조가 결국 해답을 찾아냈다.

쾌도비 일행은 우선 소요장이 있는 대홍현에서 북서쪽으로 이십여 리쯤 떨어진 완평현(宛平縣)으로 이동했다.

정체를 숨기기 위해서 모두 장사꾼으로 변장했으며, 그들은 실제 장사꾼처럼 말이 끄는 한 대의 마차와 여섯 대의 수레 행렬을 몰았다.

여섯 대의 수레에는 커다란 상자가 가득 실렸고 그것들은 갈색 천으로 덮어서 끈을 칭칭 묶었는데, 사실 그 상자에는 모두 보물과 금화가 가득 들어 있었다.

쾌도비가 최초에 흑심녀 등과 함께 강탈했던 팔신궁의 마차에 실려 있던 것부터, 나중에 팔신궁이 다섯 개 마도방파에 보낸 마차들을 강탈한 것까지 총망라되었다.

그 보물과 금화들은 팔신궁 것이 아니고 사실은 자금성에서 나온 것이지만 어쨌든 지금은 쾌도비의 것이 되었다.

완평현에 도착해서는 얼굴이 거의 알려지지 않은 선령과 아령이 완평 포구에 나가서 적당한 배를 구입하는 일을 맡았고 다른 사람들은 근처의 주루에서 쉬기로 했다.

은조가 궁리해 낸 방법이라는 것은 배를 구입해서 거처로 삼으면서 어디든지 가고자 하는 곳에 이동하자는 것이었다.

무정도를 찾으려는 자들이나 고단군 등을 찾으려는 총마

련은 설마 쾌도비 일행이 배를 타고 다닐 줄은 꿈에도 상상하지 못할 것이다.

이들 인원이 다 타고 또 여섯 대 분량의 보물과 금화 상자를 다 실을 수 있을 정도의 배만 있다면, 한 군데 붙박여 있지 않고 그걸 타고 어디든지 갈 수가 있으니 그보다 편리하고 안전할 수는 없을 터이다. 실로 지금 상황에 더 이상 나올 수 없는 최고의 방법이다.

그러나 배를 구하러 간 선령과 아령이 한 시진이 지나도록 돌아오지 않자 주루에 옹기종기 모여서 기다리고 있는 쾌도비 일행은 조금씩 초조해지기 시작했다.

배에 대해서는 전혀 문외한이고 장사꾼처럼 보이지도 않는데다가 성질까지 까칠한 두 여자가 제대로 배를 구입할 수 있을지 처음부터 염려가 됐었다.

하지만 그녀들 말고는 마땅히 보낼 사람이 없었다는 것이 이들의 최대 약점이었다.

뿐만 아니라 주루에 죽치고 앉아서 식어빠진 요리를 앞에 두고 누군가를 하염없이 기다리면서 염려하는 일이 이처럼 힘든 줄은 예전에 미처 몰랐었다.

더구나 주루 앞에 길게 두 줄로 늘어선 한 대의 마차와 여섯 대의 수레는 너무 눈에 잘 띄었다.

행인들이 힐끗거리고 또 어떤 사람들은 호기심 어린 표정으로 덮어둔 천을 들춰 보기도 하는 터에 연무혼과 미령은 교대로 밖에 나가서 사람들을 쫓아내느라 바빴다.

"돈 좀 줘봐."

"이게 어딜?"

그런데 갑자기 흑심녀가 쾌도비에게 불쑥 손을 벌리자 미령이 인상을 썼다.

대수롭지 않게 생각한 쾌도비가 고개를 끄떡이는 것을 보고 은조가 품속에 지니고 있던 은자 주머니를 통째로 흑심녀에게 건네주었다.

돈주머니를 품속에 넣고 밖으로 나갔던 흑심녀는 반 시진쯤 후에 돌아왔는데 그때까지도 배를 구하러 간 선령과 아령은 돌아오지 않았다.

잠시 후에 영락없이 장사꾼으로 보이는 다섯 명의 장한이 몰려오더니 그때부터 주루 앞에 세워둔 마차와 수레들을 에워싸고 지키기 시작했다.

그것은 마치 장사꾼들이 자기네 짐을 지키는 것처럼 자연스럽게 보였다.

더구나 그들은 마차나 수레에는 추호도 관심을 갖지 않고 지키는 일에만 열중했다.

쾌도비 등은 그제야 흑심녀가 마차와 수레를 지킬 사람들을 돈을 주고 사서 데려왔다는 사실을 알 수 있었다.

뿐만 아니라 그들을 장사꾼으로 보이도록 변장까지 시키는 용의주도함을 발휘했다.

"어떻게 된 일이에요?"

그렇지만 그 광경이 너무 신기한 은조는 창밖을 내다보면서 호기심 어린 표정으로 흑심녀에게 물었다.

"천하 어딜 가나 돈만 주면 무슨 일이든지 마다하지 않는 무리가 있습니다."

흑심녀는 은조에게 더없이 공손했다.

"아……"

낮은 탄성을 터뜨린 은조는 아까부터 염려하고 있던 것을 조심스레 물었다.

"그렇다면 우리가 배를 구하게 되면 배를 잘 다룰 줄 아는 사람, 그러니까 뱃사람들이 필요할 텐데… 그들도 구할 수 있을까요?"

하다못해 말을 타려고 해도 몰 줄 알아야 하는데 하물며 배야 여북하겠는가.

쾌도비 등은 배를 구할 생각만 했었지 정작 배를 다룰 줄 아는 사람은 한 명도 없다.

"물론입니다. 어느 포구에라도 일거리가 없어서 놀고 있는 뱃사람이 널려 있습니다."

은조는 반가운 표정을 지었다.

"될 수 있으면 과묵하고 믿을 수 있는 사람들을 구했으면 좋겠어요."

"몇 명이나 필요합니까?"

흑심녀는 은조에게 지나치게 공손하다 보니까 남자 같은 말투를 썼다.

"배의 크기를 봐야 몇 명이 필요한지 알 수 있을 텐데……."

그런데 그때 마침 선령과 아령이 주루로 들어섰다. 그런데 그녀들이 몹시 지치고 풀죽은 모습이라서 쾌도비 등은 배를 구하는 일이 잘되지 않았다는 것을 직감했다.

"배를 구하지 못했어요."

모두의 짐작이 맞았다. 두 시진 가까이 포구를 헤매다가 돌아온 두 여자는 어째서 배를 구하지 못했는지에 대해서 이유를 수십 가지도 더 열거하면서 죽을죄를 지은 것처럼 얼굴을 들지 못하고 전전긍긍했다.

은조는 흑심녀에게 희망을 가졌다.

"혹시 배를 구할 수 있겠어요?"

"해보겠습니다."

흑심녀는 선뜻 의자에서 궁둥이를 떼고 일어섰다.

쿵!

은조는 선령에게서 금화가 담긴 묵직한 봇짐을 받아서 탁자에 내려놓았다.

"우리 사정을 잘 알 테니까 적당한 배를 구해보세요."

흑심녀는 봇짐을 걸머지고는 가타부타 말없이 바람처럼 주루를 나갔다.

"됐어요."

흑심녀는 이번에도 반 시진 만에 돌아와서는 대수롭지 않은 일이라는 듯 간단하게 말했다.

"이건 남은 돈입니다."

은조는 전혀 기대하지 않았던 일이라서 크게 놀라는 표정을 지으면서 흑심녀가 돌려주는 봇짐을 열어보았다.

원래 봇짐에는 배를 구할 돈으로 은자 십만 냥에 해당하는 금화가 가득 들어 있었다.

배를 구하려면 그 정도는 있어야 할 것으로 생각했었으나 처음에 비해서 금화가 별로 줄어든 것 같지 않았다.

"배 한 척 구하는 데 은자 삼천 냥 줬습니다. 좀 깎느라고 시간이 걸렸습니다. 그리고 뱃사람 다섯 명을 구했는데 하루 일당으로 구리돈 닷 냥씩 주는 것으로 정했습니다."

그야말로 일사천리다. 쾌도비와 은조, 고단군 등 모두 놀라서 할 말을 잃은 표정들이다.

더구나 배 한 척 구하는 데 은자 십만 냥을 예상했었는데 겨우 삼천 냥에 구했다는 것이다.

"언제 갈 겁니까?"

흑심녀의 말에 일행은 어리둥절한 표정을 지었고 은조가 물었다.

"그냥 가면 되는 건가요? 다른 절차는 필요 없나요?"

흑심녀는 도리어 의아한 표정을 지었다.

"배를 구했으니까 이제 타고 떠나는 것 말고 다른 할 일이 남았습니까?"

"그게 아니라… 배를 넘겨받는 데 따른 절차가 있을 것 같고 또 이것저것 필요한 물건들도 준비해야 하는데…….."

흑심녀는 이번에도 대수롭지 않게 말했다.

"마침 적당한 배가 나와서 돈을 주는 즉시 이미 넘겨받았으니 다른 절차는 필요 없습니다. 그리고 제가 뱃사람들에게 언제든지 출발할 수 있도록 준비를 해두라고 일렀고, 이불이나 솥, 화덕 따위 부정지속(釜鼎之屬)과 한 달 동안 먹을 양식과 부식, 물, 술 등을 사두라고 돈을 주었으니까 우리가 가면 다 준비됐을 거예요."

쾌도비는 흑심녀가 한꺼번에 이렇게 많은 말을 하는 것을 처음 보았다.

그러나 그런 게 놀랄 일이 아니다. 지금까지는 여기 있는 사람 중에서 흑심녀는 있으나 없으나 한 존재였었다. 그런데 그녀가 아무도 기대하지 않았던 굉장한 일을 뚝딱 처리해 버린 것이다.

이것은 놀라운 무공이나 총명한 두뇌로도 할 수 없는 일이다. 순전히 이 바닥에서 막 굴러먹은 풍부한 경험으로만 가능한 일이다.

그래서 사람들은 흑심녀의 존재를 새삼 인정하면서, '하늘은 녹 없는 사람을 내지 않고, 땅은 이름 없는 풀을 기르지 않는다' 라는 말을 실감했다.

흑심녀의 인솔로 쾌도비 일행이 도착한 곳은 완평 포구의 끝자락 한적한 곳이었다.

사람들의 시선이 미치지 않는 장소를 그녀가 잘 물색해서 배를 새로 정박시킨 덕분이다.

그곳에는 몇 가지 놀라운 일이 벌어지고 있었으나 무엇보다도 사람들을 놀라게 하고 또 감탄하게 만든 것은 배가 너무 훌륭하고 근사하다는 사실이었다.

얼마나 근사한 배였으면 쾌도비마저도 모든 걸 잠시 잊고 우두커니 서서 배를 감상할 정도다.

쾌도비 일행은 배에 대해서는 모두 문외한이지만 그동안

봐왔던 배들이 있으므로 그것들과 견주어 봐도 이 배가 단연 월등할 것 같았다.

배의 길이는 십여 장쯤으로 조금 긴 편이었으며, 길이에 비해서 폭은 많이 좁아서 삼 장여에 불과했다.

거기에 대해서는 나중에 흑심녀의 설명을 듣고 다들 또 한 번 감탄했다.

선고(船高), 즉 배의 높이는 다른 배들에 비해서 절반 이상 높았으며 전체가 마치 버들잎 형태로 갸름하면서도 날렵한 모양이다.

또한 보통의 배들은 갑판 위에 선실로 사용하는 선각(船閣)이나 선루(船樓)가 있는데, 이 배는 배 중앙에 이 층의 선실 하나만 달랑 있고 앞이나 뒤의 갑판은 평평했다.

그리고 이상한 것이 있었다. 배의 옆면 수면과 가까운 곳에 어린아이 머리 크기의 둥근 창이 띄엄띄엄 반장 간격으로 다섯 개가 있었으나 무슨 용도인지는 알 수가 없다.

쾌도비 일행이 보니까 흑심녀가 고용한 뱃사람으로 보이는 억센 모습의 장한들이 금방 사온 듯한 여러 종류의 물건이 쌓여 있는 앞뒤 갑판에서 그것들을 갑판 아래 선창으로 분주히 나르고 있었다.

"어느 분께서 선주(船主)슈?"

그때 뱃사람 중에서 얼굴이 온통 고슴도치 같은 수염으로 뒤덮인 두억시니처럼 생긴 사십대 중반의 장한이 달려오더니 쾌도비 등을 둘러보며 제 딴에는 정중하게 묻는데 뱃사람 특유의 거친 말투가 역력했다.

"이분이에요."

흑심녀가 쾌도비를 가리키려고 하는데 그전에 은조가 흑심녀를 가리켰다.

그녀가 배와 뱃사람을 구하는 놀라운 수완을 보였기 때문에 일단 배의 주인 선주를 그녀로 해두는 편이 뱃사람들을 다루기 편할 것 같아서다.

"아… 역시 형씨였군?"

두억시니가 그럴 줄 알았다는 듯 히죽 웃자 흑심녀가 발끝으로 그의 정강이를 걸어찼다.

탁!

"말조심해라."

"엇?"

정강이를 한 대 맞은 두억시니는 발끈해서 그대로 흑심녀의 면상으로 주먹을 날렸다.

"이런 우라질!"

뻑!

"컥!"

흑심녀가 이중에서는 최하의 실력이지만 뱃사람 나부랭이

정도는 눈에 차지도 않는다. 그녀가 슬쩍 발을 뻗어 가슴팍을 걷어차자 두억시니는 뒤로 일 장이나 날아갔다가 볼썽사납게 나동그라졌다.

그러더니 벌떡 일어나서 비칠비칠 흑심녀 앞으로 다가오더니 조금 전하고는 달리 굽실거렸다.

"아이고… 실력이 대단하십니다, 선주나리."

뜨거운 맛을 봐야지만 상대의 무서움을 알고 설설 기는 것은 천하 어딜 가나 똑같다.

특히 거친 뱃사람들은 상대에게 몸과 마음으로 승복을 해야지만 고분고분해진다.

"여길 보십시오."

배에 흥미를 느끼고 혼자서 이리저리 기웃거리면서 만져보기도 하며 살피던 연무혼이 깜짝 놀라는 표정을 지으며 한곳을 가리켰다.

"이거… 나무 안쪽은 철판입니다."

연무혼은 배의 앞쪽 돌출된 부위를 만지면서 눈을 가까이 갖다 대고 놀라워했다.

자세히 보니까 나무와 나무 사이에 검은 것이 보였는데 손톱으로 눌러보니 과연 철판이 맞았다.

"사실 이 배는 수적선(水賊船)입니다. 매물로 나왔기에 즉시 산 겁니다."

"수적선?"

"강이나 호수에서 수적질을 하는 그 수적 말인가?"

"그렇습니다. 수적선이 최고라는 것은 아는 사람만 아는 사실입니다."

흑심녀의 설명에 의하면, 수적이 강이나 호수, 늪, 운하 등지에서 수적질을 하려면 다른 배들에 비해 모든 면에서 성능이 월등하게 뛰어나야 한다는 것이다.

첫째가 속도이고 둘째가 내구성, 즉 튼튼함이며, 셋째가 실용성이다.

이 배에는 돛이 네 개나 있다. 이 정도 크기의 다른 배들이 두 개의 돛인데 비하면 두 개나 많다.

그만큼 속도가 빠르다는 것인데, 놀라운 것은 앞쪽과 뒤쪽의 돛은 언제든지 탈부착, 즉 떼었다 붙이는 것이 용이하다는 사실이다.

또 하나 배의 양쪽 옆면에 띄엄띄엄 있는 둥근 창은 사실은 유사시에 노를 밖으로 꺼내서 젓게 만든 장치였다.

양쪽에서 도합 열 개의 노를 한꺼번에 저어대면 네 개의 돛으로 내는 것 이상의 속도를 낼 수 있으므로 거의 날아다니는 수준일 것이다.

튼튼함으로 치자면 군선(軍船)이라고 해도 이 배만큼은 아닐 것이다.

확인해 본 결과 이 배는 둘레 전체와 갑판이 나무 안쪽에 한 치 두께의 철판을 댔으며 그 위에 나무를 덧씌웠다.

그래서 충돌하면 다른 배들이 여지없이 쪼개질 것이고, 도 검이나 창, 화살에는 물론 불에도 타지 않는다.

그보다 더 놀라는 것은 실용성이었다. 배의 갑판에 선각이 나 선루가 여러 채 없는 대신에 갑판 아래 선창이 이상적으로 꾸며져 있었다.

선고가 높았던 데에는 그럴 만한 이유가 있었는데, 갑판 아 래 선창이 삼 층으로 이루어져 있었기 때문이다.

맨 아래층은 창고로 사용하는데 큰 방과 작은 격실(隔室)이 열 칸이나 되고, 가운데 층은 침실로써 무려 이십 개이며, 위 층은 주방과 식당 등 꽤 넓은 공간 십여 개가 잘 나누어져 있 었다.

일행은 쾌도비와 은조까지 나서서 열두 개 수레에 실린 보 물과 금화 상자들을 배의 맨 아래층 창고에 옮겨 싣고 자물쇠 를 달았다.

뱃사람들이 돕겠다고 나섰으나 둘이서도 상자 하나를 들 지 못해서 끙끙거리다가 쾌도비 일행이 혼자서 거뜬히 운반 하는 것을 보고는 기절초풍했다.

쾌도비 일행은 이 정도 상자는 혼자 대여섯 개도 한꺼번에 들 수 있으나 뱃사람들을 너무 놀라게 하는 것은 곤란할 것 같아서 나름대로 조심을 한다고 한 것이다.

　뱃사람들은 흑심녀가 지시한 대로 모든 준비를 다 갖추어 두었기에 쾌도비 일행과 수레의 물건들을 싣는 즉시 배를 출항시켰다.

第八十九章

목석부전(木石不傳)

—나무에도 돌에서 정 붙일 곳이 없다

쾌도비 일행을 태운 배는 완평포구를 출발하여 영정하를 따라서 하류로 내려오다가 해가 지자 강가에 정박한 상태에 서 밤을 보내기로 했다.

완평포구를 출발했을 때가 이미 늦은 오후였으므로 겨우 십여 리밖에 오지 못하고 정박했다.

뱃사람들의 우두머리 역할을 하고 있는 두억시니는 능보(凌 補)라는 이름을 갖고 있는 자였다.

그의 말에 의하면, 자신들은 이 지역에 대해서 손바닥 보듯 이 훤할 뿐만 아니라, 이 지역의 강물은 잔잔하고 또 수심이 깊으며 암초 따위가 없어서 밤에도 능히 운항을 할 수 있다고 가슴을 두드렸다.

그러나 쾌도비 일행은 딱히 정해놓은 행선지가 없는 터라서 그리 서둘지 않아도 된다.

미령이 우스갯소리로 배를 보고 철두(鐵頭) 같다고 하는 바람에 그때부터 배의 이름이 철두호가 되었다. 배 전체를 철판으로 둘렀기 때문이다.

철두호가 정박한 곳은 우거진 갈대숲 옆인데, 끝이 없을 정도로 드넓게 펼쳐진 대평원의 한복판이었다.

두억시니 능보의 말에 의하면 이 일대 백여 리 이내에는 작은 어촌조차도 없다고 했다.

능보 등 뱃사람들이 배가 정박해 있는 곳 옆의 갈대숲에 적당한 공터를 만들고, 그곳에서 늦은 저녁 식사를 준비하는 동안 선실에서는 쾌도비 일행이 모여서 대화를 나누고 있는 중이다.

현재로써 쾌도비에게 가장 중요한 일은 자봉공주 주소옥이 천절문주 영호승과 무사히 혼인을 하는 것이다. 그래야지만 그는 비로소 자유로워진다.

그때까지는 무슨 일이 있어도 그가 중원에 남아서 그녀를 지켜주어야만 한다.

그러므로 백두산으로 떠나는 것은 그녀가 영호승과 혼인을 한 이후일 수밖에 없다.

쾌도비는 지난번에 우령을 구하려고 자금성에 잠입했다가 태자 주청운과 중천왕자 주우명을 만났을 때 자봉공주의 일에서 손을 떼라고 위협한 적이 있었다.

하지만 그 정도로 그들이 순순히 포기할 것 같지는 않았다. 그 당시에 그들 둘을 죽여 버릴까 하고도 생각했었으나 그러면 일이 걷잡을 수 없이 커질 것 같아서 참았었다.

갑판의 선실 이 층에는 방이 세 개 있으며 그중 가장 큰 방에 다들 모여 있다.

그 방은 복판에 통로가 있으며 양쪽에 무릎 정도 높이의 마루가 깔려 있어서 일행은 두 무리로 나누어 서로 마주 보고 앉아 있다.

"천절문에서 어머니와 백부께서 그녀를 지키고 있기는 하지만 상황이 그리 좋지는 않아요."

은조가 진지한 표정으로 말을 하자 모두들 수긍하듯 고개를 끄떡였다.

상황이 좋지 않다는 것은 쾌도비와 천절성군 사이의 원한 관계를 말하는 것이다.

쾌도비가 천절성군에게 품고 있는 지독한 원한은 차치하고서라도, 딸과 두 제자를 잃은 천절성군은 쾌도비를 죽이지 않는 한 복수를 멈추지 않을 것이 분명하다.

어쩌면 그 일로 인해서 주소옥에게까지 불똥이 튈 수도 있으므로 쾌도비는 그녀와 아무 관계가 아니라는 것을 증명하기 위해서라도 최대한 거리를 두어야 한다. 하긴, 그녀와·헤어진 이후로는 만나기는커녕 연락을 주고받은 적도 없으므로 그런 걱정은 기우일 수도 있다.

하지만 문제는 천절성군이나 영호승 등 천절문 사람들도 쾌도비와 주소옥이 이제는 아무런 관계도 아니라고 생각해 주느냐는 것이다.

"어머니로부터 너무 오랫동안 연락이 없는 것이 조금 신경 쓰여요. 지부에 직접 가서 어머니께서 보내신 전서구가 있는지 확인해 봐야겠어요."

은조는 잠시 생각하다가 여의삼령을 둘러보더니 시선이 미령에게 멈추었다.

"미령 너……."

"다른 사람 시켜라."

은조가 지부에 다녀오라는 명령을 내릴 것 같으니까, 쾌도비하고 잠시라도 떨어져 있고 싶지 않은 미령은 도움을 바라는 듯한 표정으로 그를 바라보았고, 무슨 뜻인지 알아차린 그는 진지한 얼굴로 은조에게 요구했다.

은조는 누구에게 시킬까 생각하면서 선령과 아령을 번갈

아 쳐다보는데, 이번에는 아령이 미령과 똑같은 표정을 지으며 쾌도비를 바라보았다. 그녀는 방금 미령이 어떻게 했는지 봤던 것이다.

"음, 지부에 다녀오는 것은 선령을 시켜라."

아령에게도 지은 죄가 있는 쾌도비는 주먹을 입에 대며 다시 딴죽을 걸었다.

"선령, 너는 북경지부에 가서 본 루 수하들을 만나 어머니께서 보낸 서찰이 있는지 확인하고 또 앞으로는 전서구가 이 배로 직접 찾아올 수 있도록 조치해라."

"네, 소루주."

선령은 맞은편에 나란히 앉은 아령과 미령이 쾌도비에게 눈짓을 보내거나 묘한 표정을 짓는 것을 보긴 했으나 어째서 그녀들에게 떨어질 명령이 자신에게 떨어졌는지 이유를 알지 못했다.

선령이 할 일은 북경에 체류하고 있는 여의고수들로부터 손효랑에게서 온 서찰이 있는지 확인을 하는 한편, 전서구를 새로 길들여서 이후로는 손효랑이 보낸 전서구가 이 배, 즉 철두호로 직접 날아오게 하는 것이다.

"남령부의 일만 아니면 자봉공주를 천절문에서 **빼내** 오면 좋겠는데……."

은조는 착잡한 얼굴로 중얼거렸다.

자신과 주소옥이 어떤 관계인지 알면서도 그렇게 말하는 주소옥을 보면서 쾌도비는 고마움을 금치 못했다. 은조는 쾌도비의 사랑을 주소옥에게 뺏기더라도 그가 행복해하는 모습을 보고 싶은 것이다.

솔직하게 말하자면 지금의 쾌도비로서는 주소옥만큼 은조를 사랑하고 있다.

두 여자 중에서 누굴 더 많이 사랑한다고 딱 잘라서 말할 수가 없다. 은조하고는 이미 깊은 관계를 맺었으나, 주소옥하고 보낸 일 년여의 생사고락은 그것을 능가하고도 남음이 있기 때문이다.

쾌도비는 자신이 은조를 주소옥만큼 사랑하게 될 줄은 예상하지 못했었다. 아니, 그런 일은 죽을 때까지 없을 것이라고 믿었다.

그러니 세상일이란 어떻게 될지 알 수 없다는 말이 맞다. 더구나 남녀 간의 일은 더욱 그렇다.

은조의 말이 맞다. 자금성이 남령부를 몰살시키려고 하지만 않는다면 구태여 주소옥이 천절문에 있을 이유가 없다.

"그럼……."

"밥은 먹고 가라."

선령이 북경으로 가려고 일어서자 쾌도비가 별다른 뜻 없이 불쑥 말했다.

"식사하십시오!"

때마침 밖에서 능보의 걸걸한 외침이 들려 모두들 식사를
하러 일어나 선실을 나갔다.

쾌도비 일행은 활활 타오르는 모닥불을 중심으로 둘러앉
아 저녁 식사를 한 이후에 술을 마시고 있다.

흑심녀는 모닥불에서 조금 떨어진 곳에 능보를 비롯한 뱃
사람 다섯 명을 모아두고 얘기를 시작했다.

"너희들 가족은 있느냐?"

은조가 흑심녀에게 뱃사람 다섯 명을 확실하게 단속하라
고 지시했기 때문이다.

능보를 비롯한 뱃사람들은 쾌도비 일행과 한 배에서 숙식
을 같이 하면서 생활할 것이므로 장차 쾌도비 일행의 비밀을
알게 될 수도 있다.

그럴 때를 대비해서 이들을 완전한 내 사람으로 만드는 것
이 중요한 것이다.

흑심녀의 물음에 능보를 비롯한 뱃사람 다섯 명 모두 처자
식들이 있으며 그중 두 명은 노부모까지 부양하고 있는 것으
로 밝혀졌다.

"하루 각전 닷 냥으로 생활이 가능하더냐?"

혹심녀는 그들의 속사정을 뻔히 알면서도 그렇게 물었다. 이들이 일당으로 받은 구리돈 닷 냥을 한 푼도 쓰지 않고 집에 갖다 주었을 경우 간신히 입에 풀칠을 할 수 있을 정도라는 것을 그녀는 잘 알고 있다.

더구나 이들이 일거리가 없어서 포구에서 빈둥거릴 때에는 집에 두고 온 가족들의 궁핍한 생활이라는 것은 이루 설명할 수 없을 지경일 터이다.

뱃사람들은 지금 누구 놀리냐는 듯한 표정을 지으며 요즘 먹고사는 것이 얼마나 힘든지에 대해서 한꺼번에 목소리를 높이며 떠들어댔다.

"내가 제안을 하나 하마."

"해보슈."

뱃사람들은 뭐 별것 있겠느냐는 듯한 표정을 지었다.

"너희 다섯 명이 나하고 계약을 맺는 것이다."

난데없는 계약 얘기에 뱃사람들은 어리둥절한 표정을 지었다.

"무슨 계약이오?"

"우리가 너희를 필요로 하지 않을 때까지 이 배에서 일하는 것이다."

뱃사람들은 모두 반색했다.

"거야 우리가 바라는 바요. 자르지만 않는다면 죽을 때까지라도 일하겠소."

"단 조건이 있다."

뱃사람들은 그럴 줄 알았다는 표정을 지었고, 흑심녀는 손가락 하나를 세웠다.

"이 배에서 일어나는 모든 일에 대해서는 관심을 갖지 않으며, 혹시 듣고 본 것이 있더라도 절대로 외부에 누설해서는 안 된다."

"헤헤… 그런 것쯤이야……."

"한 놈이라도 그런 일이 있으면 다섯 놈 모두 가차 없이 목을 베겠다."

흑심녀는 킬킬거리면서 웃는 능보의 말을 자르며 양쪽 허리춤에 차고 있는 쌍도끼를 손으로 툭툭 쳐보였다.

단 한 명이 비밀을 누설한다면 다섯 명 모두의 목을 베겠다는 말에 대충대충 넘기려던 뱃사람들은 겁을 먹고 움찔 목을 움츠렸다.

"단, 그것만 지키면 너희의 일당을 하루 은자 한 냥으로 높여주겠다."

"억? 저, 정말이오?"

"은자 한 냥……."

뱃사람들의 눈이 휘둥그렇게 떠졌다. 구리돈 닷 냥을 받기로 하고 그것도 감지덕지해서 이 배에 탔는데 갑자기 일당을 은자 한 냥, 즉 구리돈 오십 냥으로 열 배 인상해 주겠다는 말에 놀라지 않을 수가 없다.

"열흘에 한 차례씩 각자에게 은자 열 냥을 지급해 주되, 임금의 절반은 너희 각자의 집으로 보내주고, 절반은 너희에게 직접 지급하겠다."

뱃사람들이 이 믿을 수 없는 횡재에 대해서 놀라움을 가라앉히는 데에는 꽤 오랜 시간이 걸렸으나 흑심녀는 참을성 있게 기다려주었다.

한참 만에 능보가 어눌한 목소리로 물었다.

"어떻게 각자의 집으로 돈을 보내준다는 거요?"

"우리가 정박하게 되는 포구에서 가장 신용 좋은 전장에 부탁을 하면 될 것이다. 그리고 그 일은 너희가 직접 해도 무방하다."

뱃사람들은 만약 흑심녀의 말이 사실이라면 머지않아서 자신들이 한 밑천 단단히 쥐게 될 것이라고 생각했다.

집에는 하루에 구리돈 스물닷 냥을 보내주면 그것으로 호의호식하면서 생활할 수 있다.

그리고 각자의 몫인 스물닷 냥을 꼬박꼬박 모을 경우 한 달이면 은자 열닷 냥이고 두 달이면 서른 냥. 넉 달에 육십 냥이며, 여덟 달이면 무려 백이십 냥이 된다.

그 정도면 작은 배를 한 척 살 수도 있고 조그만 장사라도 차릴 수 있다.

"지금 그 말 정말이오?"

"한 가지가 더 있다."

능보가 마른침을 삼키고 나서 묻자 흑심녀는 두 번째 손가락을 세웠다.

뱃사람들이 몹시 긴장해서 주시하는 가운데 흑심녀는 자비로운 표정으로 말했다.

"너희가 말썽을 부리지 않고 말을 잘 들을 경우에 매달 삯을 두 배로 올려주겠다."

"에… 엑?"

"두… 두 배라굽쇼?"

"다음 달에는 일당이 은자 두 냥이 되고, 그다음 달에는 석냥이 된다. 그런 식으로 계속 인상될 것이다."

쾌도비에겐 보물과 금화가 무진장이므로 이들에게 아무리 퍼준다고 해도 태산에서 흙 한 움큼 덜어내는 것보다 덜할 것이다.

쾌도비 등이 담소를 나누면서 술을 마시고 있을 때 조금 떨어진 곳에 있는 뱃사람 다섯 명이 갑자기 미친 듯이 고함을 질러댔다.

"와악! 무조건 하겠습니다!"

"무슨 일이라도 하겠습니다!"

*　　　*　　　*

쾌도비 일행이 타고 있는 철두호의 목적지가 결정되었다.

총마련의 동서남북 네 군데 소굴 중 하나인 북각이다.

쾌도비가 제압했다가 고문을 한 후에 죽인 홍마칠로주의 실토에 의하면, 북각은 열하성(熱河省) 남쪽의 노노아호산(努魯兒虎山)에 있다고 했다.

홍마칠로주는 그밖에 몇 가지 정보를 실토했으나 중요한 것 같지는 않았다.

파천마가 어디에 있으며 그의 목적 같은 것에 대해서는 아는 것이 전혀 없었다.

지금 현재 쾌도비의 목적은 천절성군을 죽이는 것이다. 은조와 고단군이 사태가 안정될 때까지 조금 더 기다려 보자고 만류했으나 복수심이 골수에까지 차오른 쾌도비의 고집을 꺾을 수는 없었다.

철두호는 영정하를 따라 하류로 내려와 완평포구를 출발한 지 닷새 만에 대진현(大津縣)에 도착했다.

대진포구에 정박해 있는 동안 은조와 선령은 여의루 대진지부에, 그리고 고단군과 연무혼은 백두파 제자들과 연락을 취하겠다고 나갔다.

쾌도비는 선창 맨 아래 삼 층에 이틀 전에 급히 마련한 수련실에서 무공 연마를 하고 있는 터라서 심심해진 미령은 흑심녀와 뱃사람들이 가족들에게 돈을 부치려고 전장에 가는 길에 따라 나갔다.

수련실의 쾌도비는 삼절심법의 기절과 영절을 연공하고 있는 중이다.

지난번 기절로써 고란을 치료한 이후에 그는 기절과 영절의 중요성을 새롭게 인식하고 언제 시간을 내서 다시 연공해 봐야겠다고 마음먹었었다.

현재 배에는 연공을 하고 있는 쾌도비와 선창 이 층 침실에서 치료 후에 정양중인 고란. 그리고 갑판에서 철두호를 지키고 있는 아령 세 명이 남았다.

쾌도비는 이른 새벽에 함께 자던 은조를 놔두고 침상에서 빠져나와 수련실로 내려온 이후 운공조식에 빠져 있느라 바깥이 어떤 상황인지 전혀 모르고 있다.

기절과 영절의 연공은 오래전에 이미 터득했던 것을 다시 기억해 내는 것이라서 그다지 어렵지 않았다.

그러므로 중요한 것은 이제부터라도 반복적으로 기절과 영절을 운공함으로써 몸에 익게 하는 것이며, 아울러 그것들을 어떻게 응용할 것인지를 궁리하는 것이다.

우선 오늘 한나절 동안 연공하면서 그는 기절에 대해서 알고 있던 기존의 흡기와 접기 외에 몇 가지를 더 깨우치는 소득을 얻었다.

그것은 공력을 쏟아내는 투기(投氣)와 원거리의 물체를 부러뜨리는 절기(折氣), 관통하는 천기(穿氣), 휩쓸어 버리는 탕기(蕩氣), 한꺼번에 여러 개의 빗줄기 같은 가느다란 공력을 뿜어내는 산기(散氣) 등이다.

그 밖에도 기절로써 공력을 자유자재로 활용할 수 있으나 일단 그 정도로 만족했다.

바닥에 가부좌로 앉아 있던 그는 좀 쉬었다가 다음에는 실제로 쇠몽둥이 같은 물체를 원거리에 놓고 직접 시험을 해봐야겠다고 마음먹고 수련실을 나섰다.

척—

계단을 올라가 선창 이 층 고란의 방으로 간 그는 문을 열고 안으로 들어갔다.

그는 계속 혼절에 빠져 있는 고란에게 하루에 한 번 이상 꼬박꼬박 들러 상태를 살피곤 했었다.

그런데 침상에 누워 있을 줄 알았던 고란이 깨어나서 선실 벽에 등을 댄 채 앉아 있는 것을 보고 쾌도비는 가볍게 놀란 표정을 지으며 침상으로 다가갔다.

"언제 깨어났소?"

유정거에서 쾌도비의 치료를 받고 겨우 소생했던 그녀는 그때 이후 쾌도비를 처음 보는 것이다.

고란은 대답하지 않고 묵묵히 그를 응시하기만 했다. 그러나 스스로의 목을 검으로 찌르기 전처럼 냉랭한 눈빛이 아닌 그윽한 시선이다.

쾌도비는 침상가에 서서 염려스러운 표정으로 그녀를 굽어보았다.

"앉아 있어도 힘들지 않소?"

"본 파의 장문인이 되기로 한 거, 정말인가요?"

고란은 자신이 혼절하기 전에 쾌도비가 마지막으로 했던 약속을 잊지 않고 있었다.

긴 혼절에서 깨어난 그녀에게는 그것이 제일 중요한 일이라서 확인을 하려는 것이다.

"그렇소."

쾌도비를 올려다보는 고란의 긴 속눈썹이 가늘게 떨렸고 눈빛이 흔들렸다.

그녀는 두 손으로 침상을 짚고 상체를 숙였다. 불편한 몸이지만 예를 취하는 것이다.

"고마워요."

그녀의 갑작스런 행동에 쾌도비는 가볍게 놀라 두 손으로 어깨를 잡고 일으켜주었다.

"이러지 마시오."

슥—

고란은 두 팔로 쾌도비의 허리를 안고 그의 배에 뺨을 대고는 조용히 읊조렸다.

"이제 저는 당신 여자예요."

쾌도비는 북풍한설처럼 차디차고 뭐라고 설명하기 어려울 정도로 특이한 고구려 미녀의 돌변한 태도가 뜻밖이긴 하지만 그렇다고 전혀 이해하지 못하는 것은 아니다.

그녀에게 있어서 쾌도비는 사랑하는 남자가 아니라 단지 백두파의 장문인이고, 그녀는 백두파 장문인의 부인이 되기로 정해진 정혼녀일 뿐이다.

슥—

"아직 아니오."

쾌도비는 그녀를 떼어내고 침상가에 걸터앉았다.

전혀 예상하지 못했던 그의 행동에 고란은 뜻밖이라는 표정을 지었다.

그녀가 무조건 복종하겠다는 의사를 나타내면 쾌도비가

좋아할 줄 알았던 것이다.

"남녀를 맺어주는 것이 뭔지 아시오?"

고란은 고개를 갸웃거렸다.

"뭔가요?"

"사랑이오."

"사랑……."

"그대는 날 사랑하오?"

단 한 번도 사랑을 해보지 않았던 고란의 표정이 흐려졌고 대답하지 못했다.

하지만 쾌도비는 대답을 알고 있다.

"날 사랑하지 않는다는 것을 알고 있소. 나 또한 그대를 사랑하지 않소."

쾌도비가 처음 사랑을 느낀 사람은 주소옥이었으며, 목석이나 다름이 없는 그가 그러기까지는 우여곡절이 많았었다.

이후 두 번째로 사랑하게 된 사람이 은조였고 세 번째가 미령이다.

호연과 우령, 미령 순서로 깊은 관계를 가졌으나, 그녀들을 사랑해서가 아니라 그저 욕정을 발산하기 위한 대상이었을 뿐이다.

반면에 은조는 깊은 관계를 맺기 전부터 절박한 심정으로 사랑했었다.

그리고 정사를 하고 나서는 주소옥을 대신할 정도로 깊이 사랑하는 여자가 되었다.

그리고 우령과 요령의 처참한 죽음 이후 그는 그녀들에 대한 죄책감과 다시는 그런 전철을 밟지 말아야 한다는 뼈아픈 깨달음을 얻어 미령을 자신의 여자로 거두고 사랑하기로 마음먹었다.

그렇듯이 그의 사랑에 대한 각별한 의미는 불모지(不毛地)에서 시작되어 삼 년여에 걸쳐서 천신만고 끝에 완성된 소중한 것이다.

"그대가 나를 사랑하고 또 내가 그대를 사랑하게 될 때 우린 비로소 정식으로 부부가 될 수 있소."

쾌도비는 선언하듯이 말했다.

"백두파의 장문인이 되겠다는 약속은 지키겠소. 그리고 우리가 부부가 되는 것은 그다음 일이오."

고란은 흐린 얼굴로 조심스럽게 중얼거렸다.

"만약 우리가 사랑하는 사이가 되지 못한다면……."

"그렇다면 그대를 부인으로 맞이하지 않겠소. 백두파의 장문인으로서 그런 규칙을 뜯어고쳐서라도 말이오."

쾌도비는 고란의 눈빛이 복잡하게 흔들리는 것을 봤지만 모른 체했다.

"제가 당신을 사랑하게 되었는데… 만약 당신이 저를 사랑하지 않으면 어떻게 하죠?"

"그 반대의 상황도 일어날 수 있소."

"……."

사랑이란 인력으로 이루어지지 않는다는 것을 잘 알고 있는 쾌도비다.

그는 착잡한 표정을 짓고 있는 고란을 응시하다가 문득 그녀의 목을 보게 되었다.

거기에는 불에 덴 것 같기도 하고 고운 떡반죽에 손가락으로 휘저어 놓은 듯한 보기 흉한 흉터가 손가락 한 마디 길이로 남아 있었다.

그는 별다른 뜻 없이 품속에서 하나의 연분홍 비단 손수건을 꺼내서 허리를 굽히고 그녀의 가늘고 흰 목에 감아주었다. 흉터를 가려주려는 것이다.

고란은 그의 뜻밖의 행동에 놀란 듯 자신의 목에 감긴 손수건을 만지면서 그의 얼굴을 바라보았다.

그러나 쾌도비는 곧 몸을 돌려 그대로 방을 나가 버렸고, 고란은 그러고도 한동안 굳게 닫힌 문을 응시하고 있었다.

갑판으로 올라온 쾌도비는 배에 자신과 고란 외에는 아무도 없다는 것을 알고 선실로 들어갔는데 이 층에서 누군가의 기척을 느끼고 계단을 올라갔다.

"아……."

그곳에는 뜻밖에도 아령이 혼자 창을 통해서 바깥을 경계하고 있다가 올라오는 쾌도비를 보고는 적잖이 당황하는 표정을 지었다.

"다들 어디에 갔느냐?"

"아… 소루주께선 이곳 대진현의 지부에 가셨고……."

웬일인지 많이 당황한 아령은 손짓발짓 섞어가면서 다들 어디에 갔는지 장황하게 설명을 했다.

쾌도비는 의자에 앉아서 탁자에 놓여 있는 먹다 만 만두 하나를 집어 입에 넣고 우물거렸다.

"왜 그렇게 당황하느냐?"

아령은 자기가 한입 베어 먹고 나중에 먹으려고 놔두었던 만두를 쾌도비가 스스럼없이 집어먹는 것을 보고는 화들짝 놀랐으며, 또한 그가 왜 당황하느냐고 묻자 괜히 얼굴이 확 뜨거워졌다.

그녀가 아무 말도 하지 못하고 머뭇거리는 모습을 쾌도비는 입속의 것을 우물우물 씹으면서 물끄러미 쳐다보았다. 그녀가 왜 그러는지 전혀 모르겠다는 표정이다.

약간 몸에 붙는 경장을 입은 아령은 풍만하면서도 늘씬한 몸매의 굴곡이 완연하게 드러난 모습이다.

키가 큰데다 터질 듯한 젖가슴과 가느다란 허리, 크고 탄탄한 둔부, 길고 늘씬하게 뻗은 다리는 쾌도비가 다른 여자들에게서 보지 못했던 육감적인 몸매였다.

하긴 용모와 몸매가 뛰어난 여의사령 중에서도 단연 첫손가락에 꼽히는 아령이다.

그는 반 장 거리에 서 있는 아령의 얼굴과 몸매를 오늘 처음 발견했다.

추호도 빈틈이 없는 것 같고 상대를 꿰뚫어 보는 듯이 단단하고도 날카로운 분위기의 아령을 늘 봐왔었지만, 그녀의 이런 여성스러운 면은 처음 발견하고 또 깨달은 것이다.

하지만 그는 딴 뜻이 있어서가 아니라 그냥 이곳에 단둘뿐이고, 아령이 가까이에 서 있으니까 무심코 쳐다보다가 그런 사실을 깨달았을 뿐이다.

그렇지만 같은 장소 같은 상황이라고 해서 아령도 쾌도비처럼 같은 생각을 해야 하는 것은 아니다.

그녀는 쾌도비의 눈길이 자신의 몸을 위에서 아래로 천천히 훑자 시선이 닿는 곳마다 찌릿찌릿 강한 느낌을 받고 몸을 움찔거렸다.

쾌도비가 지난 날 술에 취해서 그녀에게 난폭한 행동을 하지 않았더라면 이런 기분이 들지 않았을 것이다.

쾌도비는 아령이 상전으로 모시는 은조의 정인이며 장차

여의루주의 사위가 될 사람이다. 그러니 미워하려야 미워할 수도 없으며, 그런 파렴치한 짓을 했다고 해서 딱히 복수를 할 수 있는 대상이 아니다.

여자들은 항상 딱 두 가지 선택만을 취한다. 미워하거나 좋아하는 것이다.

그것이 애증(愛憎)이며, 그 둘 중 하나를 선택해야지만 여자는 비로소 마음이 평온해진다.

그래서 아령은 미워할 수 없는 쾌도비를 남몰래 좋아하게 돼버렸다.

그가 난폭한 행동을 한 결과물로써 미워할 수 없으니까 좋아하게 된 것이다. 상황이야 어찌되었든지 간에 그는 아령에게는 첫 남자였다.

"그때는… 고마웠어요."

아령은 이 어색하고도 난감한 그래서 자칫하면 신음이라도 터뜨릴 것 같은 상황에서 벗어나려고 더듬거리면서 간신히 말문을 열었다.

쾌도비는 의아한 표정을 지었다.

"그게… 고마웠다는 것이냐?"

그는 지난 날 자신이 만취해서 그녀에게 난폭하게 굴었던 것을 생각하고 가볍게 놀라는 것이다.

"네."

하지만 아령은 며칠 전에 은조가 심부름을 보내려고 했을 때 쾌도비가 도움을 줘서 그녀가 가지 않도록 해준 것을 얘기하고 있는데 쾌도비는 딴 얘기를 한다. 말하자면 동상이몽(同床異夢)이다. 일은 여기에서부터 이상한 방향으로 흐르기 시작했다.

"넌 이상한 녀석이로구나."

쾌도비는 문득 자신보다 한 살 어린 아령에게서 우령의 모습을 보았고 또 느꼈다.

그가 처음 우령하고 가까워졌던 이유도 그녀에게 난폭한 행동을 했기 때문이었다.

"저는 단지 그게 고마웠다고……."

"무슨 뜻인지 안다. 그게 고마웠다니 참 너도……."

쾌도비는 소요장의 참화 이후 바로 조금 전까지만 해도 극심한 분노와 우울감에 빠져 있었다.

그런데 지금 아령이 요상한 말로써 그를 분노와 우울의 수렁에서 끄집어내고 있다.

그녀의 말과 부자연스러운 듯하면서도 신선한 행동. 그리고 완벽에 가까운 몸매가 그를 상쾌하게 해주었다.

그것은 한여름의 찌는 듯한 무더위에 지쳐 있다가 산정에서 불어오는 한줄기 싱그러운 바람이 온몸을 휩쓰는 듯한 기분이었다.

비록 잠시겠지만 그는 오랜만에 느끼는 가볍고도 상쾌한 지금의 느낌이 그지없이 반가웠다.

"이리 와라."

쾌도비가 엷은 미소를 지으며 고개를 끄떡이면서 아령을 불렀다. 그녀를 옆에 앉혀놓고 좀 더 이야기를 해보면 기분이 나아질 것 같았다.

그러나 아령에게 그것은 상전의 명령인 동시에 전혀 낯설지 않은 사내의 은밀한 유혹처럼 여겨지기도 했다.

그녀가 주춤거리면서 두어 걸음 다가갔을 때 느닷없이 쾌도비가 손을 뻗어 그녀의 팔을 잡아 가볍게 끌어당기는 바람에 그녀는 그의 품으로 쓰러졌다.

확!

"아……."

그녀는 반 바퀴 빙글 돌고 나서 매우 자연스럽게 그의 무릎에 등을 돌린 채 앉혀졌다.

몸이 구름 위에 떠 있는 것 같고 너무 놀라서 심장이 가슴을 뚫고 튀어나올 것 같아서 그녀는 중심을 잃고 사지를 버둥거리면서 당황했다.

"이러시면……."

"방금 고맙다고 하지 않았느냐?"

그가 오라고 했는데도 그녀가 쭈뼛거리니까 끌어당기려고

했던 것이 이런 자세가 되고 말았으나 그는 이것도 나쁘지 않다고 생각했다.

어쩌면 옆에 앉는 것보다는 무릎에 앉히는 편이 더 친밀할 것 같다는 생각도 들었다.

쾌도비는 깊은 늪 속에 가라앉아 있다가 오랜만에 빠져나온 이 기분을 조금 더 유지하고 싶었다.

아니, 다시 늪 속에 가라앉고 싶지 않아서 조금 결사적인 기분이 됐다.

그렇다고 이런 대낮에 아령하고 질펀하게 정사를 나누려는 생각은 아니다.

그가 정사를 할 수 있는 대상은 은조와 미령이지 아령은 아닌 것이다. 개도 아니고 이 여자 저 여자 마구 집어먹을 수는 없는 일이다.

다만 망각을 위한 유희를 잠시 즐기고 싶을 뿐이다. 그것이 죄라는 생각은 들지 않았다.

물론 그는 자신이 아니라 아령이 먼저 유혹했다고 생각했다. 그게 고맙다니, 어쨌든 동상이몽 때문이다.

그런데 이상한 일이 생겼다. 아령을 무릎에 앉혔는데 어이없게도 기다렸다는 듯이 천절성군의 모습이 머릿속에 번쩍하고 떠올랐다.

"개자식……."

"네?"

그가 씹어뱉듯이 뇌까리자 아령은 깜짝 놀라서 돌아보려고 했다. 그때 그의 두 손이 아령의 젖가슴을 터질 듯이 힘껏 움켜잡았다.

머리가 무슨 생각을 하고 또 갑자기 어떤 생각을 떠올리게 하는지 인간은 모른다. 다만 거기에 발작적으로 반응하거나 대처를 할 뿐이다.

"아파요……."

아령은 쾌도비의 갑작스런 행동에 젖가슴이 터져 버릴 것만 같아서 몸을 뒤챘으나 오히려 그런 행동이 쾌도비에겐 불에 기름을 끼얹는 격이다.

그는 이성으로 심신을 제어할 수 있는 상태와 자신이 무슨 짓을 하는지도 모르는 광기의 경계가 매우 얇았다.

투둑…….

그의 두 손이 그녀의 앞섶을 거칠게 잡아채자 상의가 뜯어지면서 작은 속곳에 가려진 젖가슴이 출렁 파도처럼 흔들리며 드러났다.

그로서는 그저 간단한 유희를 즐기려던 것뿐인데 어느새 그런 생각은 깡그리 잊어버리고 빙글 그녀의 몸을 돌려서 마주 보는 자세를 취하며 얼굴을 젖가슴에 묻고 미친 듯이 빨고 핥았다.

"아아… 그만해요… 안 돼요…….."

아령은 두 손으로 쾌도비의 머리를 잡고 떼어내려 했으나 막무가내인 그에게는 역부족이다.

외려 그녀의 맹렬한 거부와 몸부림이 건드리기만 하면 터져 나오는 그의 욕정을 분출하게 만들었다.

그로서는 지금 상황이 뭐가 뭔지 뒤죽박죽이다. 이러면 안 된다는 생각도 있다. 그러나 그런 각성은 희미했고 또 광기에 곧 파묻혀 버렸다.

사람은 선과 악을 놓고 할 것인가 말 것인가를 갈등할 때에는 언제나 악을 선택하게 마련이다. 그 쪽이 훨씬 더 매력적이기 때문이다.

"우욱!"

쾌도비는 거세게 폭발을 일으키면서 거기에 자신의 모든 분노를 쏟아부었다.

두 팔로 아령을 힘껏 끌어안고 할 수만 있다면 그녀의 옥문 속으로 온몸을 다 우겨서 넣을 것처럼 밀어붙였다.

그리고는 정적이 흘렀으며, 마치 뜨거운 목욕통 속에 있다가 나오자마자 온몸에 찬물을 뒤집어쓴 것 같은 서늘함이 싸아 하게 엄습했다.

"……."

잠시 후 그는 비로소 정신을 차렸으며 눈앞에 벌어져 있는 상황이 눈에 들어왔다.

그는 여전히 의자에 약간 눕는 듯한 자세로 앉아 있으며, 아령은 그와 마주 보는 자세로 두 다리를 활짝 벌린 채 그의 허벅지 위에 앉아서 하체를 밀착하고 있었다.

아니, 그가 두 팔로 그녀의 허리와 둔부를 잡고 힘껏 끌어당기고 있으므로 그녀는 꼼짝하지 못하고 밀착을 당하고 있다고 해야 옳다.

그녀는 전라의 몸이었다. 바닥에 갈가리 찢어진 그녀의 옷과 메고 있던 검이 흩어져 있었다. 아마도 그가 그렇게 만들었을 것이다.

멍한 얼굴로 그의 시선이 아래로 향했다. 자신의 음경이 아령의 옥문 안으로 뿌리까지 삽입되어 있는 것이 보였다. 그리고 그녀의 옥문 주위와 거웃은 온통 피투성이다. 순결을 파괴한 것이다.

그의 얼굴이 보기 싫게 일그러졌다.

'이런 미친놈이 또…….'

아령의 얼굴을 차마 쳐다볼 수가 없어서 그녀의 가슴만 바라보았다.

탁탁탁…….

"흑! 당신 미쳤어요… 정말… 어쩌자고… 이런 짓을……."

그때 아령이 그의 어깨를 두 주먹으로 두드리면서 낮은 울음을 터뜨렸다.

그는 착잡한 표정으로 그녀를 쳐다보았다. 그녀는 눈물을 흘리며 두 손으로 그의 어깨를 잡고 있는데 얼굴에는 원망의 기색이 역력했다.

쾌도비로서는 미안하다는 말도 나오지 않았다. 호연에게도, 우령에게도, 미령에게도 똑같은 짓을 하고는 미안하다고 사과했었다.

그래서인지 차마 아령에게까지 그런 입에 발린 말이 나오지 못했다.

"미안하다……."

그런데도 입으로는 또 그렇게 말하고 있다. 그 말밖에는 달리 뭐라고 할 수 없기 때문일 것이다.

"소루주께서 돌아오실 때가 됐어요."

슥—

그때 아령이 눈물을 삼키면서 말하고는 그의 몸에서 일어나 바닥에 내려섰다.

약간 비틀거리는 그녀의 옥문에서 핏물이 주르르 흘러 두 다리를 타고 바닥을 적셨다.

아래를 보니 이미 정사 중에 흐른 순결을 파괴한 흔적인 앵혈이 바닥을 홍건하고도 붉게 물들인 상태였다.

쾌도비는 그저 심신이 완전히 공황상태인 듯 멍하니 앉아 있을 뿐이다.

아령은 쪼그리고 앉아서 자신의 갈가리 찢어진 옷을 보더니 입을 수 없다고 생각했는지 그것을 쥐고 쾌도비 쪽으로 돌아앉았다.

그리고는 피로 물든 그의 음경과 사타구니를 정성껏 닦아 주고는 종종걸음으로 아래층으로 향했다.

쾌도비는 다시 선창 맨 아래층 수련실로 내려왔다.

옷을 갈아입은 아령이 물걸레로 정사의 흔적을 깨끗이 닦는 모습을 우두커니 보고 있다가, 그녀에게 등을 떠밀려서 선실을 나와 무작정 내려온 것이다.

그는 수련실 한가운데 가부좌로 앉았으나 운공조식은 하지 않고 오랫동안 깊은 생각에 잠겼다.

아주 어렸을 때부터 지금까지 자신이 살아온 과정을 차근차근 되짚어보았다.

자신의 이런 광폭한, 아니, 광폭하다는 표현만으로는 설명이 부족한 행동이 도대체 무엇 때문이고 어디에 기인하고 있는 것인지, 그리고 그 근저에는 어떤 것이 깔려 있는지 알고 싶었다.

그렇지만 아무리 머리를 쥐어짜 봐도 속 시원한 해답이 나오지 않았다.

다만 자신이 아주 어렸을 때부터 어머니라는 존재를 매우 갖고 싶어 했으며 또 그리워했었다는 사실을 어렴풋이 기억해 냈을 뿐이다.

그러다가 그것을 단서로 삼아서 이런저런 생각을 해보다가 결국 하나의 가설을 세워보았다.

그것은 정말 인정하기 싫지만 현재로썬 그것이 가장 설득력 있는 것 같았다.

그는 어머니와 함께 살지 않았었다. 함께 살았던 여자는 어머니였으나 그는 누나로 알고 있었다. 그녀가 어머니일 줄은 꿈에도 몰랐었다.

주변의 또래 아이들에게는 다 어머니가 있다는 것과 그 아이들은 어머니들에게 한결같이 다 소중한 존재라는 사실을 알게 됐던 것은 아주 어렸을 때였다. 아마 대여섯 살 무렵이었던 것 같았다.

모든 아이가 갖고 있는 어머니라는 존재를 어린 쾌도비만 갖고 있지 못하다는 쓰라린 현실이 그를 늘 알 수 없는 갈증에 허덕이게 만들었다.

욕심이지만, 누나가 어머니의 역할을 조금이라도 충실하게 해주었더라면, 어린 그를 그토록 고립시켜서 망망대해에 표류하는 난파선 같은 절박한 기분에 빠지도록 만들지는 않았을 것이다.

그가 알고 있는 누나는 밤과 낮을 가리지 않고 늘 낯선 남자들과 정사를 나눴었다.

똥구멍이 찢어지도록 가난했던 그와 누나는 언제나 한 칸짜리 방에서 살았고, 그래서 어린 그는 벌거벗은 누나가 벌거벗은 남자들에게 짓밟히고 헐떡이며 몸부림치는 모습들을 지겹도록 보면서 자랐다.

누나는 몹쓸 병에 걸려서 죽기 얼마 전까지도 부지런히 남자를 바꿔가면서 정사를 했었다.

그리고 그때까지도 한 칸짜리 방에서 벗어나지 못했었기에, 방구석에서 웅크린 채 자고 있는 쾌도비를 방치해 둔 상태에서 누나와 낯선 남자는 발정 난 짐승처럼 헐떡거리며 뒤엉켜 있었다.

물론 누나가 끌어들인 사내들은 모두 강호인이고, 정사를 통해서 그들의 공력을 조금씩 빨아들였다. 수많은 사내의 성기가 들락거렸던 그 옥문으로 말이다.

그래서 사내가 돌아가고 나면 그 공력을 쾌도비의 오른팔에 주입시켜 주었다.

철이 들기 전부터 누나가 숨을 거두기 직전까지 이어졌었던 그런 사실들을, 그런 광경들을 쾌도비는 정말 오랫동안 망각한 채 살고 지냈다.

저절로 잊힌 것이 아니라 잊으려고 몸부림친 덕분에 머릿속 기억을 담당하는 어느 부분이 세탁 혹은 탈색됐다고 봐야 옳을 것이다.

부분적으로 기억을 상실했다면 그것은 거부감에 의한 선택적인 기억상실인 셈이다.

그리고 마지막으로 그를 몸서리치게 만드는 또 한 가지 기억이 남아 있다.

낯선 사내들과의 정사로 인해서 서서히 죽어가는 누나를 보면서, 쾌도비는 이따금 발악적이고 광기 어린 생각에 사로잡혔던 적이 있었다.

갈가리 찢어진 누나를 짓밟는 사내가 차라리 자신이었으면 좋겠다는 말도 되지 않는 망상이었다. 왜 그런 생각을 하게 되었는지는 모른다.

단지 누나가 불쌍하다고 생각하면서도 반면에 누나에게 욕정을 느꼈었던 것일까?

불손한, 아니, 상상하는 것만으로도 충분히 패륜적이지만, 어린 시절의 현실은 사실 그랬었다. 저렇게 낯선 사내들에게 몸을 주고 죽어가는 것보다는, 차라리 내 손에 죽으라는 그런 식이었는지도 모른다.

그런 것들이 지금의 쾌도비가 여자들에 대해서 미친놈처럼 행동하는 행위를 이해시킬 수는 없을 것이다.

단지 조금 전에 아령을 난폭하게 짓밟을 때에도 언뜻언뜻 그녀가 누나로 보였었다는 사실만큼은 부인할 수가 없다. 그래서 더욱 난폭해졌었다.

이것은 미친병이다.

第九十章

암중순목(暗中瞬目)

——아무런 소용이 없다

은조가 놀라운 소식을 갖고 돌아왔다.

"어머니와 위융 백부께서 자봉공주와 함께 천절문에서 나
오셔서 북경을 향해 오고 계세요."

"소옥과 함께?"

전혀 뜻하지 않았던 소식에 쾌도비가 놀라서 묻자 은조는
자기 일처럼 기뻐했다.

"네, 어머니와 위융 백부께서 자봉공주를 양녀로 삼으셨다
는군요."

"오……"

쾌도비로서는 한 번도 상상했던 적이 없는 기발한 생각이라서 탄성이 저절로 나왔다. 손효랑과 위융의 양녀가 되면 영호승과 혼인하지 않아도 된다.

그리고 자금성이 주소옥을 건드리지 못할 것이다. 영호승과 혼인을 하지 않으면서도 그 이상의 효과를 얻게 되었다. 천절문 하나보다는 여의루와 북황도 둘을 상대하는 것이 자금성으로서도 버거울 터이다.

그러나 무엇보다도 중요한 것은 주소옥이 이곳으로 오고 있다는 사실이다.

"지금 어디까지 오셨지?"

"그게……."

은조의 얼굴이 조금 흐려졌다. 그녀는 손에 쥐고 있는 서찰을 들어보였다.

"이 서찰을 보내신 것이 보름 전이고 마지막 서찰이었어요. 이후 지금까지 아무런 연락이 없어요."

쾌도비는 불쑥 불길한 생각이 고개를 들었으나 억누르고 좋은 방향으로 생각했다.

"오고 계시는 중이겠지."

은조는 그의 말에 아무 반응도 보이지 않았다. 그의 희망에 찬물을 끼얹지 못하는 것이다. 하지만 얼굴에 흐릿하게 드리워진 불안함까지 지우지는 못했다.

그리고 쾌도비 역시 본질을 외면한 채 언제까지 자신을 위로할 수만은 없었다.

"말해봐. 뭐가 문제지?"

"두 분이라면 낙양에서 북경까지 오시는 데 닷새면 충분해요. 무공을 모르는 자봉공주가 동행한다고 해도 넉넉잡아 열흘이면 돼요."

그런데 마지막 서찰을 보낸 지 보름이 지나도록 다음 서찰을 보내지 않고 있는 것이다. 그렇다는 것은 무슨 문제가 발생했다는 뜻이다.

낙양과 북경 사이에는 여의루와 북황도의 지부가 곳곳에 위치해 있는데 그곳들로부터도 아무런 연락이 없다는 것이 이상하다.

"내가 가봐야겠다."

결국 마음이 조급해진 쾌도비는 당장에라도 출발할 듯이 허둥거렸다.

"세 분이 어디에 계신 줄 알아야죠."

은조는 일어서려는 쾌도비의 팔을 붙잡았다.

"여보, 지금 상황을 정리해 볼 시간이 필요해요. 조금만 기다려주세요."

일각이 여삼추 같지만 은조의 말이 옳다. 무작정 낙양 쪽으로 달려가서 무얼 어쩐다는 말인가.

철두호는 대진포구를 출발하여 하류로 향하고 있으며, 쾌도비를 비롯하여 모두들 갑판 아래 선창 일 층 넓은 방에 모여서 심각한 표정을 짓고 있다.

잠시 침묵하면서 생각을 정리한 은조는 쾌도비를 보면서 입을 열었다.

"만약 쾌 랑이 영호승의 입장라면 그런 상황에서 어떻게 하시겠어요?"

"내가 직접 추격대를 이끌고 가서 소옥을 잡아오고 두 분을 죽이려고 할 거야."

생각할 것도 없다는 듯 쾌도비가 대답하자 은조는 고개를 끄떡였다.

"그게 첫 번째 가능성이에요. 그럴 경우 우리는 천절문을 찾아가야겠지요."

그녀는 희고 예쁜 손가락 두 개를 펼쳤다.

"두 번째는 자금성이 자봉공주에게 손을 썼을지도 모른다는 사실이에요."

"두 분과 소옥이 천절문을 탈출했다는 사실을 태자가 어떻게 안다는 거야?"

"천절문 내에 태자의 첩자가 있거나 황궁고수들이 천절문을 감시하고 있었다면 어려운 일이 아니죠. 강호 어디에나 첩자들이 있어요."

"그렇군."

쾌도비는 눈을 파랗게 빛냈다.

"그럴 경우에는 자금성에 잠입하여 태자를 족치거나 수틀리면 황족을 모조리 죽여 버리겠다."

"그런데 만약……."

은조는 손가락 세 개를 펴지도 않고 세 번째 가능성에 대해서 조심스럽게 의견을 꺼냈다.

"파천마가 개입되어 있다면……."

"파천마가?"

전혀 예상하지 않았던 파천마라는 이름이 나오자 쾌도비는 물론 고단군마저도 크게 놀랐다.

"파천마가 무엇 때문에 그러겠어?"

은조는 어두운 얼굴로 고개를 살래살래 가로저었다.

"파천마의 목적을 전혀 모르는 지금 상황에서는 뭐라고 단정할 수가 없군요. 그렇지만 괜히 파천마가 마음에 걸려요. 그럴 가능성도 있고요."

"무슨 가능성?"

은조는 고개를 들고 흑백이 또렷한 눈을 깜빡거리며 잠시 생각하다가 말했다.

"현재로써 파천마는 쾌 랑하고 일면식도 없으며 아무런 은원관계도 없어요. 그런데도 불구하고 그자는 쾌 랑을 천절성군에게 팔았어요."

고단군이 고개를 끄떡이며 말을 받았다.

"파천마가 천절성군과 천절문을 자기 편이나 수하로 끌어들이려는 것 같다고 소제의 추측을 말씀드렸었습니다."

"파천마의 목적을 모른다고 해도, 천절문을 끌어들이려는 것만은 분명한 것 같아요."

쾌도비는 짚이는 바가 있었다.

"그렇다면 파천마가 두 분을 억압해서 여의루와 북황도를 끌어들이려는 수작을 부릴 수도 있다는 것인가?"

"그래요. 그럴 가능성도 배제할 수 없어요. 아니면 자금성을 등에 업거나."

"그럴 수도 있겠군."

쾌도비는 미간을 좁혔다.

"두 분과 소옥에게 무슨 일이 생겼다고 가정한다면 그 셋 중에 하나일 거라는 얘긴데, 도대체 그걸 무슨 수로 확인한다는 것인가?"

"방법이 있어요."

추호의 막힘도 없이 두뇌가 회전하는 은조가 곁에 있다는 것은 쾌도비에게는 축복이다.

"천절문과 자금성을 염탐해 보면 알 수 있을 거예요."

"그렇군! 좋은 방법이야!"

천절문이 주소옥과 손효랑. 위융을 잡아들였거나 그 반대의 상황이라면 문파의 동태를 조금 눈 여겨서 보는 것만으로도 충분히 짐작할 수 있을 것이다.

자금성은 조금 더 까다롭다. 분위기만으로는 알아낼 수가 없으니 누군가 잠입을 해야 하는데 쾌도비가 직접 나서면 어려운 일이 아니다.

"천절문은 천첩이 알아보겠어요."

은조의 말에 쾌도비가 고개를 끄떡였다. 여의루 낙양지부가 알아보면 될 것이다.

"부탁해. 자금성은 내가 직접 잠입해서 알아보지."

"천첩이 같이 갈까요?"

"아냐. 내가 없으면 조아가 여길 책임져야지."

그렇다고 해도 자금성에 쾌도비 혼자서 갈 수는 없는 일이다. 누군가 함께 가야지만 자금성 상공에 철황을 타고 대기하고 있다가 만약 그에게 위급한 상황이 발생하면 구해줘야 하기 때문이다.

거의 동시에 선령과 아령, 미령이 그를 바라보았다. 선령은 그저 담담한 표정으로, 아령은 복잡한 얼굴로, 그리고 미령은 당연히 자신을 선택할 것이라고 헤실헤실 미소 지으며 교태를 부렸다.

쾌도비가 철황을 타고 떠난 후에 철두호는 다시 영정하를 거슬러 오르기 시작했다. 될 수 있는 대로 북경에 가까이 다가가려는 것이다.

능보를 비롯한 다섯 명의 뱃사람은 요즘 살맛이 나서 무슨 일을 해도 콧노래를 부르며 활기에 넘쳤다.

철두호의 뱃사람이 된 지 닷새째인 오늘은 일당의 절반으로 은자 두 냥과 구리돈 스물닷 냥씩을 받았고, 흑심녀를 따라서 대진현의 가장 유명한 전장으로 우르르 몰려가서 각자의 집에 닷새 분의 임금 절반인 은자 일곱 냥과 구리돈 스물닷 냥씩을 부쳐 주었기 때문이다.

철두호에는 까다롭거나 엄한 사람이 아무도 없으며 뱃사람들에게는 신경조차 쓰지 않아서 그저 할 일만 묵묵히 잘하면 된다.

그렇게만 하면 임금이 저절로 하루에 은자 한 냥씩 차곡차곡 늘어나는 것이다.

은조는 자신의 방에서 한동안 생각에 잠겨 있다가 혼자 고란의 방으로 향했다.

그녀는 하루에 세 번 이상 반드시 고란에게 들려서 상처를 돌봐주고 있다.

오늘은 대진현 여의지부에 다녀오느라 한 번도 들리지 못해서 좀 마음이 쓰였다.

척!

방으로 들어간 은조는 뜻밖에도 고란이 깨어 있는 것을 발견하고 기쁜 표정을 지었다.

"깨어났군요. 기분은 좀 어때요?"

그러나 고란은 엷은 미소만 지을 뿐 아무 말도 하지 않았다.

은조는 문득 고란의 목에 둘러 있는 연분홍 비단 손수건을 발견했다.

"쾌 랑께서 다녀가셨군요?"

고란이 그걸 어떻게 아느냐는 표정으로 바라보자 은조는 손수건을 가리켰다.

"그 손수건은 쾌 랑께서 무척 아끼는 물건이에요."

"이게… 말인가요?"

그 손수건은 주소옥이 헤어지기 전에 쾌도비에게 준 것이다. 은조는 쾌도비가 자주 손수건을 꺼내 만지작거리거나 코를 묻고 냄새를 맡는 광경을 목격하곤 했었다.

은조는 살포시 미소 지었다.

"그이가 그걸 당신에게 주다니 뜻밖이군요."

은조는 솔직히 질투 같은 것은 느끼지 않았다. 쾌도비가 자신을 무척 사랑한다는 사실을 알고 있으며, 고란이 그의 정혼녀이기에 일찌감치 그녀에 대해서는 질투심을 접어두었기 때문이다.

　고란이 목에 두르고 있는 손수건을 만지작거리면서 복잡한 표정에 빠져드는 것을 은조는 잠시 물끄러미 지켜보다가 말했다.

　"상처 좀 볼까요?"

＊　　　＊　　　＊

　아령은 쾌도비에게 묻고 싶은 것이 있는데, 그가 철두호를 출발한 이후 내내 아무 말도 하지 않고 있기 때문에 말을 꺼낼 엄두가 나지 않았다.

　창공을 쏜살같이 날아가고 있는 철황의 앞쪽에 아령이 타고 있으며 뒤에 쾌도비가 앉아서 왼팔로 그녀의 허리를 감은 채 꼿꼿하게 앉아 있다.

　철황 등에 앞뒤로 앉아 있으므로 자연히 두 사람의 몸은 밀착되어 있지만 아령은 뒤를 돌아보는 것도 어려워서 좌불안석이었다.

　아령은 지금 쾌도비가 얼마나 초조하고 또 긴장하고 있는지 짐작하고도 남음이 있다.

　자봉공주에 대한 일이라면 그는 죽음마저도 불사하기 때문이다. 그가 긴장감으로 몸이 단단해진 것이 밀착된 몸을 통해서 그녀에게 생생히 전해졌다.

문득 그가 너무 긴장한 나머지 자금성에 잠입했다가 실수라도 하면 어쩌나 싶어서 아령은 조바심이 났다. 그래도 미우나 고우나 그녀의 첫 남자이고 어느새 사랑마저 하게 된 사내가 아닌가.

"긴장돼요?"

아령은 자신이 아무 말도 하지 않는 것이 그에게 전혀 도움이 되지 않는다는 사실을 깨닫고 뒤돌아보면서 조심스럽게 물어보았다.

"그렇게 보이느냐?"

"네. 몸이 너무 굳어 있어요."

"긴장이 아니라 화가 나서 그런다."

아령은 긴장보다 분노가 더 좋지 않다고 생각했다.

"당신이 화를 풀지 않으면 보내지 않겠어요."

그런 말을 하기 위해서 그녀로서는 대단한 용기가 필요했다.

쾌도비는 본의 아니게 그녀를 난폭하게 짓밟고 나서 미안한 마음을 갖고 있었는데 그녀가 당돌한 말을 하자 기특하다는 생각이 들었다.

"알았다. 화내지 않으마."

"화 풀렸다는 걸 어떻게 증명하죠?"

"어떻게 증명해야 하느냐?"

"저도 몰라요."

"령아."

"네?"

쪽!

"아……."

그가 부르는 소리에 뒤돌아보는 그녀의 입술에 재빨리 입을 맞추고 나서 쾌도비는 상체를 옆으로 기울이는가 싶더니 갑자기 아래로 뚝 떨어져 내렸다.

아령이 급히 굽어보니 어느새 아래에는 웅장한 자금성이 펼쳐져 있었다.

[조심하세요!]

아령은 순식간에 저 아래로 아스라이 멀어지는 쾌도비를 보면서 마음이 다급해져서 급히 전음으로 외쳤다.

슈우—

쾌도비는 철황에서 뛰어내린 즉시 지난번 태자와 주우명이 있었던 교태전을 찾아내고는 그곳을 겨냥하여 비스듬히 쏘아 내렸다.

매우 빠른 속도로 지상을 향해서 머리를 아래로 하여 쏘아 내리는 쾌도비는 아래쪽을 보다가 어느 순간 흠칫 놀라 표정이 변했다.

그가 목표로 삼고 있는 자금성 내전 쪽의 경계가 삼엄하기 이를 데 없었기 때문이다.

수십 채의 전각과 전각 사이, 그리고 정원과 뜰, 인공연못, 운교 등에 수천 명의 군사와 황궁고수들이 새카맣게 깔려 있었다.

태자와 주우명이 지난번에 쾌도비에게 혼쭐이 났었기 때문인지, 아니면 달리 켕기는 것이 있어서인지 모르겠지만 이렇게 경계가 삼엄한 상황이라면 태자나 주우명에게 접근하는 것이 쉽지 않을 듯했다.

어쨌든 한 가지는 분명했다. 태자와 주우명이 이렇게 경계를 삼엄하게 한 이유가 반드시 있을 것이라는 사실이다. 주소옥에게서 손을 뗐다면 이럴 이유가 없다. 그렇기 때문에 더욱 그 둘을 만나야 한다.

쾌도비는 교태전 십여 장 상공에 이르렀을 때 공력을 끌어올려 몸을 새털처럼 가볍게 만들고는 교태전 지붕 위에 사뿐히 날아내렸다.

굵지도 가늘지도 않은 중저음의 단아한 목소리가 있다.

"그러니까 무정도라는 놈만 잡아주면 내가 원하는 대로 해주겠다는 말씀이오?"

삼십오륙 세 정도의 나이에 일신에는 하늘색의 엷은 유삼을 입은 사내가 팔짱을 낀 채 듣는 사람의 마음을 상쾌하게 만드는 은은한 목소리로 말했다.

　"그렇소."

　사내의 맞은편에 태자 주청운과 주우명이 나란히 앉아 있는데, 편안한 자세지만 긴장한 태도가 역력했으며, 그중에 주우명이 가볍게 고개를 끄떡였다.

　키는 보통보다 조금 크고 살찌지도 마르지도 않은 적당한 체구에 양쪽 턱이 각이 졌으나 강인해 보이지는 않고 외려 유생 같은 분위기를 물씬 풍기는 사내는 턱을 약간 치켜들면서 가볍게 웃었다.

　"하하! 원래는 자봉공주만 잡아주면 되는 조건이지 않았소?"

　태자 앞이지만 조금도 위축되지 않은 태도이고, 일부러 과장된 모습을 보이려고 하지도 않았다.

　"원래는 그랬으나 귀하가 자봉공주와 여의천후, 북천절을 한꺼번에 그리고 어렵지 않게 잡아들이는 탁월한 능력을 보니까 마음이 조금 바뀌었소."

　주우명은 빙빙 에둘러서 말하지 않고 솔직하게 털어놓았다.

　"귀하가 그토록 쉽게 자봉공주를 잡았으니 무정도도 쉽사리 제압할 수 있지 않겠소?"

"그야 해봐야 알지 지금으로썬 장담은 못하겠소."

말은 그렇게 하지만 사내의 표정은 그까짓 거쯤이야, 라고 대변하고 있었다.

주우명은 무슨 수를 써서라도 눈앞의 사내가 무정도를 제압하도록 만들어야겠다고 마음먹었다.

주우명 자신으로서는 무정도를 어찌하지 못하므로, 이 사내를 놓치면 죽을 때까지 무정도에게 복수할 기회는 없을 것이라는 생각이 들었다.

"자봉공주를 잡아주면 동이강호를 주겠다고 한 약속은 지키겠소. 더불어서 만약 귀하가 무정도를 우리에게 잡아준다면 대명제국을 달라는 것만 제외하고 귀하가 원하는 것을 무엇이든 들어주겠소."

"나는 중원강호를 원하오."

사내 역시 말을 빙빙 돌리지 않았다. 그 말은 무정도를 잡아주겠다는 뜻이다.

주우명은 고개를 끄떡였다.

"마음대로 하시오."

어차피 중원의 강호는 황궁의 손길이 미치지 않는 곳이다. 그러니 이 사내가 갖든 누가 갖든 상관없는 일이다. 말하자면 이것은 손도 대지 않고 코를 푸는 것이나 다름이 없다.

"내가 강호에서 무슨 일을 벌이든 자금성은 일체 관여하지 마시오."

투명하리만치 맑으면서도 심해처럼 깊은 눈빛을 지닌 사내는 마치 바둑을 두다가 선문답을 하는 유생처럼 편안한 얼굴로 요구했다.

그가 이런 식의 여유를 보일수록 주청운과 주우명은 더욱 믿음이 갔다.

"관여하지 않겠소."

법 같은 것 없이도 살 수 있는 사람처럼 선하게만 보이는 사내는 온화한 미소를 지으며 고개를 끄떡였다.

"알겠소. 조만간 무정도를 두 분 앞에 대령하겠소."

주청운과 주우명은 이번만큼은 자신들의 손으로 무정도의 목을 자를 수 있을 것이라고 확신했다.

주우명은 이십여 일 전에 자신들의 앞에 갑자기 불쑥 나타나서 어떻게 해야지만 동이강호를 주겠느냐고 밑도 끝도 없이 말했던 이 사내의 정체가 궁금해졌다.

"혹시 귀하가 누군지 물어봐도 되겠소?"

바라보기만 해도 빨려 들어갈 것만 같은 매혹적인 눈을 지닌 사내는 나직이 웃었다.

"하하하! 불초를 아는 사람들은 파천검이라고도 부르오."

순간 주우명은 번갯불에 관통된 것 같은 강렬한 충격을 받고 낮게 부르짖었다.

"서방무적!"

'서방무적?'

교태전 지붕에 내려서자마자 자세를 낮추며 공력을 끌어
올려 청력을 돋우던 쾌도비는 지붕 아래에서 '서방무적' 이라
는 말이 들려오자 움찔 놀랐다.

'파천마가 태자와 주우명을 만나고 있다는 말인가? 그렇다
면 역시 소옥은……'

그는 서방무적, 즉 파천마가 태자와 주우명을 만나고 있다
는 사실만 방금 알게 되었다. 그 이전의 대화는 아쉽게도 듣
지 못했다.

꽝—

"크악!"

바로 그 순간 뭔지 모를 어마어마한 기운이 아래쪽에서 지
붕을 뚫고 올라와 허리를 굽힌 자세인 쾌도비의 가슴과 복부
에 정통으로 적중됐다.

파아아—

그는 온몸이 산산조각 해체되는 것 같은 극심한 고통과 머
릿속이 온통 하얘지는 것을 느끼며 몸이 쏜살같이 허공으로
쏘아 올랐다.

퍽!

그 순간 하나의 물체가 지붕을 뚫고 솟구쳐 오르며 낭랑한 웃음을 터뜨렸다.

"하하하하! 아무래도 저자가 무정도인 것 같으니 곧 잡아서 대령하겠소!"

물체, 즉 방금 전까지 태자 주우명과 대화를 하고 있던 서방무적 파천마는 하늘을 향해 수직으로 솟구치고 있는 쾌도비의 뒤로 쫓아 비조처럼 쏘아 올랐다.

아령은 쾌도비가 교태전 지붕에 내려서는 것을 보자마자 철황의 머리를 쓰다듬으며 그의 머리 위 삼십여 장 높이에 정지비행으로 떠 있으라고 지시했었다. 만약 그에게 무슨 일이 생기면 즉시 다가갈 수 있도록 최대한 가까운 거리에 있으려는 것이다.

꽝!

그런데 그러자마자 느닷없이 아래쪽에서 굉장한 폭음이 터지는가 싶더니 쾌도비가 가랑잎처럼 수직으로 솟구치고 있는 것이 보였다.

쾌도비의 코와 입에서 피가 쏟아지고 있었으며 얼굴이 고통으로 일그러진 모습이었다.

"철황아! 어서 저분을 태우자!"

혼비백산한 아령이 날카롭게 외치는 것과 동시에 철황은 쾌도비를 향해 곤두박질쳤고, 그녀는 솟구치는 쾌도비를 향해 손을 뻗었다.

솟구치는 쾌도비가 자신을 발견하고 눈이 흐릿하게 반짝이는 것을 보고 아령은 눈물이 왈칵 솟구쳤다.

턱!

그녀는 오른손을 한껏 뻗어 쾌도비의 팔을 잡으면서 아래쪽을 보다가 흠칫 놀랐다.

마치 신선처럼 생긴 한 사내가 한 번도 본 적이 없는 무서운 속도로 쏘아 오르고 있는데 어느새 쾌도비의 오 장 아래까지 쇄도하고 있었기 때문이다.

"철황아! 가자!"

그녀가 다급히 외치고 있는 중에 그 사내는 이 장 아래까지 쇄도했으며, 쾌도비의 다리를 향해 오른손을 불쑥 뻗는 것을 보고 그녀의 안색이 새하얘졌다.

찌익!

사내의 손이 쾌도비의 바지 아래쪽을 잡는 것과 동시에 철황이 무서운 속도로 상승하자 바지가 쭉 찢어졌다.

아령은 쾌도비를 잡고 있는 오른팔이 바들바들 떨리면서도 사내의 얼굴에서 시선을 떼지 못했다.

순간 사내는 아령의 얼굴을 똑바로 올려다보면서 왼손을

뻗었다. 아니, 왼손 중지를 뻗은 것이다.

슝—

"……!"

아령은 움찔 놀라면서 본능적으로 쾌도비를 보호해야겠다는 생각에 그를 와락 끌어안았다.

팍!

그 순간 그녀는 오른쪽 어깨와 목, 얼굴이 한꺼번에 화끈한 것을 느꼈다.

그렇지만 자신이 어딜 얼마나 다쳤는지 확인할 겨를 따위가 있을 리 없다.

그녀는 허둥지둥 두 팔로 쾌도비를 얼싸안으며 자신의 앞쪽에 구기듯이 앉혔다.

얼굴과 목에서 뭔가 뜨뜻한 액체가 자꾸만 흘러내렸으나 그런 건 중요하지 않았다.

혹여 쾌도비가 이대로 죽어버리면 어떻게 하나 오직 그것만이 염려될 뿐이다.

"죽지 말아요… 제발 죽으면 안 돼요……."

영정하를 거슬러 오르고 있는 철두호의 선미에서 조타를 잡고 있는 능보는 갑자기 하늘이 어두컴컴해지는 것을 느끼고 하늘을 쳐다보았다.

"으헉!"

괴물처럼 거대한 새가 날개를 활짝 편 상태에서 철두호 바로 위로 낮게 하강하고 있는 광경을 발견하고 능보는 혀가 목구멍 안으로 말려 들어갔다.

구구우…….

거대한 새 철황은 선실 지붕에 내려앉아 낮은 울음을 터뜨리는데 등에서 쾌도비와 아령이 한 덩이가 되어 미끄러지며 갑판으로 떨어졌다.

쿵!

몰려든 능보와 뱃사람들은 피범벅인 두 사람이 쾌도비와 아령이라는 사실을 겨우 알아내고는 사방을 향해 미친 듯이 비명을 질렀다.

"누가 나와보십시오!"

"나리가 돌아가신 것 같습니다요!"

은조는 철황의 울음소리를 듣는 순간 이미 방문을 박차고 나와 계단을 향해 달려가고 있었다.

그녀가 계단을 올라갈 때 뱃사람들의 다급한 비명 소리가 고막을 파고들었다.

나리가 돌아가셨다고 아우성을 쳤다. 뱃사람들은 쾌도비를 나리라고 불렀다.

갑판으로 올라선 은조는 저만치 갑판 바닥에 한 덩이가 되어 쓰러져 있는 피투성이 쾌도비와 아령을 발견하고 한순간 눈앞이 캄캄해지면서 쓰러질 듯이 비틀거렸다.

그러나 입술을 깨물고 달려갔다. 눈물이 비 오듯이 쏟아져서 앞이 보이지 않았다.

쾌도비가 죽었다는 생각에 하늘이 무너지는 것만 같은 충격을 받았다.

쾌도비는 그녀의 하늘이므로 그의 죽음은 하늘이 무너진 것이나 다름없다.

선령과 미령, 고단군과 연무혼, 흑심녀가 한꺼번에 몰려들면서 비명을 질러댔다.

"여보……."

은조는 쾌도비 앞에 무릎을 꿇고 덜덜 떨리는 두 팔을 내밀어 그를 부둥켜안았다.

입과 코에서 피를 흘리고 있는 그는 질끈 눈을 감고 있으며 미동조차 하지 않았다. 모습으로 보나 무엇으로 봐도 죽은 것이 분명했다.

"으흐흑……."

참을 수 없는 오열이 치밀어 올랐다.

그런데 그때 은조는 두 팔로 끌어안고 있는 쾌도비의 심장이 희미하게 뛰고 있는 것을 감지했다.

철두호는 어느 한적한 강가에 정박해 있다.

선창 이 층 쾌도비의 방 침상에는 그가 누워 있으며 주위에
는 치료를 하는 은조를 비롯한 여러 사람이 빙 둘러 모여 있
었다.

쾌도비는 상체를 벌거벗은 모습이며, 가슴과 복부에 걸쳐
서 주먹 크기의 붉은 핏자국 같은 것이 새겨져 있다.

그리고 왼쪽 팔꿈치 바로 위쪽에 깨끗한 천이 묶여 있다.
그곳은 손가락 하나 정도 굵기의 관통상을 당한 상처다.

쾌도비의 안색은 밀랍처럼 창백했는데 미약하게 숨을 쉬
고 있으며 심장박동도 흐릿했다.

"하아……."

은조는 자신이 직접 조제한 푸르스름한 꿀처럼 생긴 약을
섬섬옥수로 쾌도비의 상체에 고르게 펴서 정성껏 바른 후에
손등으로 머리카락을 쓸어 올리며 한숨을 내쉬었다.

"어떻습니까?"

지켜보던 고단군이 기다렸다는 듯이 급히 물었다.

쾌도비는 어제 해질녘에 철황에게 업혀서 아령과 함께 철
두호로 돌아온 이후 정오가 다 돼가는 지금까지 아직 깨어나
지 못하고 있다.

은조는 벌써 열 번도 넘게 똑같은 대답을 했었으나 다시 한

번 설명해 주었다.

"쾌 랑은 제가 한 번도 본 적이 없으며 들은 적도 없는 장공이나 강기에 당했어요. 그 무서운 기운이 온몸에 가득 퍼져서 혈도와 혈맥의 기능을 극도로 저하시키고 있어서 깨어나지 못하는 것 같아요."

"음……."

그녀가 설명할 때마다 그랬듯이 고단군은 무거운 신음을 흘 렸고, 선령과 미령은 하염없이 눈물을 흘렸으며, 흑심녀는 울지 않으려고 있는 힘껏 입술을 깨물었다.

은조는 핏기 한 점 없는 쾌도비의 얼굴을 바라보면서 눈물을 글썽였다.

"무슨 수법에 당했는지만 알아도 어떻게든 방법을 찾아볼 수 있으련만……."

우직!

"젠장……."

고단군이 갑자기 돌아서더니 주먹으로 벽을 쳐서 구멍을 뚫으면서 얼굴을 일그러뜨렸다.

그는 더없이 착잡한 표정으로 다시 돌아서서 쾌도비의 가슴을 굽어보며 뇌까렸다.

"나는… 이 수법을 본 적이 있습니다."

은조는 크게 놀라고 또 기뻐하며 급히 물었다.

"이 수법을 어디에서 봤나요?"

"사부님께서 파천마에게 당하신 수법입니다……."

"파천마……."

은조와 선령, 미령, 흑심녀는 크게 놀라 안색이 변했다.

"사부님께선 이 수법의 이름이 마정신력(魔精神力)이라고 말씀하셨습니다."

"마정신력… 들어본 적이 없어요."

"사부님께선 마정신력에 가슴을 적중당하시고 이틀을 넘기지 못하시고 돌아가셨습니다."

"……."

은조를 비롯한 여자들은 아연실색하며 얼굴이 백지장처럼 새하얗게 탈색되었다.

연도천이 마정신력에 적중되어 이틀 만에 죽었다면 쾌도비의 목숨도 하루밖에 남지 않았다는 것이다.

그가 잘 버텨준다고 해도 하루나 이틀 정도 살아 있으면 다행한 일이다.

"으흐흑……!"

급기야 선령과 미령은 소리를 내서 오열하기 시작했고, 고단군과 연무혼도 굵은 눈물을 뚝뚝 흘렸다.

"염병할! 도비는 그렇게 쉽게 죽지 않아!"

갑자기 흑심녀가 울부짖듯이 악을 쓰더니 은조에게 달려

들 듯이 다그쳤다.

"당신은 똑똑하니까 도비를 살릴 수 있는 방법을 찾아낼 수 있을 거야! 그렇지?"

절망에 빠졌던 은조는 흑심녀의 발작에 가까운 외침에 정신을 수습했다.

"어서 모두 나가요. 추궁과혈(椎躬過穴) 수법을 사용해 봐야겠어요."

그녀는 냉정하게 말하고는 나가려고 하는 미령을 불렀다.

"미령아, 너는 남아라."

모두 나가고 둘만 남자 은조는 쾌도비의 하체를 덮은 이불을 걷었다.

"쾌 랑의 옷을 모두 벗기고 온몸에 약을 바르자."

두 여자는 눈물을 흘리면서 묵묵히 쾌도비의 옷을 벗기고 또 그의 몸에 약을 발랐다.

쾌도비가 누워 있는 침상 옆에 앉아 있는 은조는 눈물이 가득 고인 눈으로 그를 바라보고 있고, 그 옆에 앉은 미령은 침상에 엎드려서 잠이 들었다.

두 여자는 거의 한시도 쉬지 않고 밤새도록 쾌도비에게 추궁과혈 수법을 행했었다.

은조는 지금으로썬 추궁과혈 수법으로 쾌도비의 체내에

만연해 있는 나쁜 기운을 뽑아내는 것이 유일한 방법이라고 판단하여 두 여자가 그의 양쪽에서 공력을 끌어 올려 두 손에 주입한 상태에서 쉴 새 없이 그의 온몸을 주물렀었다.

그녀들을 향해서 미소를 지어주고 또 다정한 말을 해주었으며, 온몸이 녹을 듯이 격렬하게 사랑을 해주었던 그를 어쩌면 다시는 볼 수 없을지 모른다는 생각에 슬픔이 치밀어 밤새 울면서 추궁과혈 수법을 전개했었다.

슥—

은조는 손을 뻗어 쾌도비의 뺨을 부드럽게 어루만졌다.

"여보……."

도저히 지금의 이런 상황이 믿어지지 않았다. 그저 한숨 푹 자고 나면 끔찍한 악몽이었던 것처럼 깨끗이 사라져 버릴 것만 같았다.

그가 없이는 그녀도 살지 못한다. 그래서 만약 그가 죽는다면 그녀도 따라죽으리라 결심했다.

그가 없는 세상에서 어떻게 숨을 쉬며 살 수 있다는 말인가. 옆에서 지키고 있다가 그의 숨이 끊어지면 그녀도 즉시 정수리 백회혈을 찍어서 자결을 할 결심이다.

조금이라도 늦게 죽으면 그의 영혼이 멀리 가버릴지도 모르니까 그러기 전에 급히 따라죽어야만 한다.

"여보… 무서워하지도 외로워하지도 마세요……. 천첩이

늘 곁에 있을 거예요⋯⋯."

그런 결심을 하고 나니까 마음이 한결 가벼워졌다. 진심으로 사랑을 한다면 이승이든 저승이든 어디라도 상관이 없기 때문이다.

"너무나 잘생긴 내 낭군⋯⋯."

은조는 자꾸 쓰다듬으면 뺨이 닳기라도 할 것처럼 조심조심 어루만지며 작은 소리로 읊조렸다.

"너무나 잘난 내 낭군⋯⋯."

노래 같기도 독백 같기도 한 은조의 읊조림은 오랫동안 실내를 고즈넉이 울렸다.

第九十一章

도비심력(徒費心力)

— 마음과 힘을 기울여 애를 쓰나 뜻을 이루지 못한다

철그렁…….

캄캄한 뇌옥 안 한쪽 구석에서 쇠사슬이 움직이는 소리가 조그맣게 울렸다.

"음…….”

그리고 미약하면서도 묵직한 신음 소리가 뒤를 이었다.

"아버님…….”

그러자 신음이 들린 곳 반대편 어두운 곳에서 연약한 여자의 목소리가 들렸다.

이곳 조그만 창문 하나 없이 사방이 막힌 뇌옥에는 현재 세 사람이 갇혀 있다.

주소옥과 손효랑, 위용이다. 이들은 낙양 천절문을 빠져나와 북경으로 오는 도중에 파천마의 습격을 받았으며, 손효랑과 위용은 합공을 했는데도 불구하고 십 초를 넘기지 못하고 파천마에게 중상을 입고 제압당했었다.

손효랑과 위용은 연도천과 쾌도비가 당한 마정신력이 아닌 다른 수법에 당했다.

파천마에게 손효랑과 위용은 이용가치가 있기 때문에 죽이지 않은 것이다.

절그렁…….

"아버님… 많이 아프세요?"

주소옥은 목에 개목걸이 같은 것이 씌워져 있으며 그것에 쇠사슬이 묶였고, 쇠사슬 끝은 벽에 깊숙이 꽂혀 있어서 반장 이내를 벗어날 수 없는 신세다.

그녀는 벽의 중앙에 묶여 있으며, 맞은편 왼쪽에는 손효랑이, 오른쪽에는 위용이 있다.

하지만 뇌옥 안이 워낙 코끝조차 보이지 않을 만큼 캄캄하기 때문에 그들이 어떤 모습으로 있는지는 알 수가 없다. 다만 쇠사슬 부딪치는 소리로 묶여 있을 것이라고만 짐작하고 있을 뿐이다.

주소옥은 자신들이 이곳에 감금된 지 얼마나 지났는지도

알지 못했다. 언제나 캄캄하기 때문이다.

그녀는 맞은편에 묶여 있는 손효랑과 위융이 이따금 몹시 고통스럽게 앓는 신음 소리를 내는 것을 듣고 마음이 너무 아프지만 묶여 있는 그녀로서는 어떻게 도와줄 수 있는 방법이 없다.

"아니다… 나는 괜찮다 애야……."

그녀의 걱정스러운 물음에 맞은편 오른쪽에서 위융의 목소리가 들렸다. 힘없는 그러나 애써 힘을 내보려는 기색이 역력한 목소리다.

"죄송해요… 소녀 때문에 두 분께서… 흑!"

주소옥은 아무것도 보이지 않는 어둠을 바라보면서 말하다가 울음을 터뜨렸다.

지금 이런 상황은 세 사람이 이곳에 갇힌 십삼 일 전부터 반복해서 벌어지고 있다.

주소옥은 자신 때문에 손효랑이나 위융이 이런 고초를 겪는다는 생각만 하면 두 사람에게 너무 죄스러워서 그저 눈물만 쏟아질 뿐이다.

"울지 마라, 소옥아."

그때 오랫동안 침묵을 지키고 있던 맞은편 왼쪽의 손효랑이 위로하자 주소옥은 울다가 반가운 표정을 지었다.

"어머니……."

"그래. 나하고 네 아버지는 괜찮다. 될수록 공력을 비축하
느라 말을 하지 않으려고 하는 것이란다."

"그러셨군요."

그러나 실상은 그게 아니다. 손효랑과 위용은 파천마로부
터 각각 복부와 가슴에 장력을 맞아 가볍지 않은 내상을 입은
상태다.

그런데도 불구하고 쇠사슬이 두 사람의 양쪽 어깨의 쇄골(鎖
骨)을 뚫고 벽에 박혀 있어서 전혀 공력을 일으키지 못하는 상
황이다.

운공조식을 하지 못하는 두 사람은 보통 사람이나 다름이
없는 상태다.

더구나 한 번도 치료하지 못한 내상이 썩거나 곪고 있어서
하루가 다르게 쇠약해지고 있는 형편이다.

"우리가 조만간 기력을 회복하게 되면 이까짓 쇠사슬쯤이
야 단번에 끊고 이곳을 벗어날 수 있을 게다. 그러니 너는 너
무 걱정하지 말고 기다려라."

"쿨럭… 쿨럭… 컥!"

그때 갑자기 위용이 심하게 기침을 해댔다.

손효랑은 기침 소리만 듣고도 그의 내상이 심각한 상태로
덧났으며 각혈, 즉 피를 토하고 있다는 사실을 깨달았다. 그
렇지만 그걸 알면서도 그를 도울 수 없는 처지라서 안타깝기

만 할 뿐이다.

"으흐흑… 아버님……."

영특한 주소옥은 손효랑이 하는 위로의 말을 믿고 싶지만 냉엄한 현실은 그렇지 않다는 것을 알고 있다.

그녀는 고통스러워하는 위융 쪽을 바라보면서 또다시 눈물을 쏟으며 오열했다.

'제발… 쾌 랑… 우릴 구하러 와줘…….'

그녀는 무릎을 꿇고 흐느끼면서 간절히 두 손을 모으고 보이지 않는 정인을 향해 빌었다.

*   *   *

쾌도비가 반죽음 상태로 철두호에 돌아온 지 오늘로써 닷새째다.

철두호는 닷새 전에 정박한 강기슭에서 꼼짝도 하지 않았으며, 갑판에는 뱃사람들만 어슬렁거릴 뿐 다른 사람은 한 명도 보이지 않았다.

닷새가 지나도록 여전히 깨어나지 못하고 또 병세에 차도가 없는 쾌도비처럼 철두호의 모든 사람도 깊은 늪에 가라앉아 있는 듯했다.

은조는 천 길 낭떠러지 끝에 서 있는 느낌이다. 쾌도비는 닷새가 지나도록 깨어나지 못하고, 모친 손효랑에게서는 아직도 아무런 연락이 없다.

어디 한 군데 의지할 곳 없는 절박한 상황이라서 누군가 등을 살짝 떠밀면 천 길 낭떠러지 아래로 추락할 것만 같은 상황이다.

며칠 전까지만 해도 자신들이 이런 상황이 될 줄은 꿈에도 몰랐으니 인간이란 정말 한 치 앞조차 알지 못하는 우매한 중생이다.

다만 파천마의 마정신력에 적중된 백두파 전대 장문인 연도천이 이틀 만에 죽었는 데 비해서 쾌도비가 닷새째인 아직까지 살아 있다는 사실만이 은조를 비롯한 모두에게 실낱같은 희망을 주고 있을 뿐이다.

쾌도비는 믿어지지 않을 정도로 달콤하고 행복한 삶을 영위하고 있다.

그는 운남성 곤명을 떠나 주소옥과 함께 산중을 헤매던 중에 우연히 빠졌던 그곳 무릉도원 같은 곳에서 그녀와 함께 단둘이 깨가 쏟아지도록 행복하게 살고 있는 중이다.

그 당시하고 달라진 것은 없다. 두 사람 모두 그때처럼 완전히 벌거벗은 몸으로 동굴 속에서 지내고 있으며, 주소옥이

용변이 보고 싶다고 하면 쾌도비가 옆에 서서 지켜주곤 하던 예전의 일상 그대로였다.

다만 한 가지 달라진 것이 있다면, 그때하고는 달리 두 사람이 부부의 연을 맺었다는 사실이다.

언제 어떤 계기로 첫날밤을 보냈는지는 알지 못하지만, 두 사람은 여느 부부나 다름없이 서로 깊이 사랑하면서 또한 아무것도 바라는 것 없이 행복한 나날을 보내고 있었다.

그러던 중에 어느 순간 주소옥이 동굴 앞 뜨거운 온천에서 목욕을 하다가 갑자기 허우적거리면서 살려달라고 발버둥을 쳐댔다.

쾌도비는 그녀를 구하려고 온천으로 뛰어들려고 했으나 어찌 된 일인지 두 발이 땅에 뿌리가 내린 것처럼 옴짝달싹 꼼짝도 하지 못했다.

"소옥아─!'

"쾌 랑─!'

두 사람은 안타깝고도 처절하게 서로를 부를 뿐이지 한 치도 가까워지지 않았다.

크워어─

그때 온천물 속에서 용 같기도 하고 이무기 같기도 한 흉측한 괴물이 솟구쳤다.

그리고는 커다란 아가리를 쩍 벌리더니 주소옥을 한입에

삼키고는 순식간에 온천물 속으로 사라져 버렸다.

"소옥아—! 크흐흐흑!"

쾌도비는 처절하게 절규하면서 그녀를 불렀으나 온천물만 심하게 격탕 칠 뿐 주소옥도 괴물도 보이지 않았다.

"으으으……."

닷새 동안 단 한숨도 자지 못한 은조는 꼿꼿하게 앉은 자세로 잠깐 눈을 감고 졸다가 난데없는 신음 소리를 듣고 번쩍 눈을 떴다.

"여보……."

"흐으으… 어어……."

쾌도비가 몸을 움찔거리면서 얼굴에서는 비지땀을 흘리며 매우 고통스러운 신음을 흘리고 있는 것을 발견하고 은조는 왈칵 기쁨의 눈물이 솟구쳤다.

"여보!"

그녀는 쾌도비를 부르면서 얼굴 가까이 다가갔다가 번쩍 정신을 차렸다.

지금 이럴 때가 아니라는 사실을 깨달은 것이다. 그녀는 급히 그의 손목을 잡고 부드러운 진기를 아낌없이 주입시키기 시작했다.

마침내 쾌도비가 닷새 만에 눈을 뜨고 은조를 바라보았다.

"조아……."

"여보……."

감격한 은조는 비 오듯이 눈물을 흘리며 그의 뺨을 부드럽게 어루만졌다.

쾌도비는 눈을 껌뻑거리면서 한동안 멍한 얼굴로 은조를 바라보다가 갑자기 얼굴을 찌푸리며 중얼거렸다.

"내가 파천마에게 당한 것 같아."

"그래요. 파천마의 마정신력이라는 수법에 당했어요. 사부님께서도 그 수법에 당해서 돌아가셨대요."

"사부님께서……."

그는 착잡한 표정을 지었다가 상체를 일으키려고 몸을 움직였다.

"그냥 누워 계세요."

"윽……."

은조가 만류했으나 그는 상체를 일으키려고 그저 몸만 조금 움직였을 뿐인데 온몸이 조각나는 것 같은 극심한 통증에 얼굴을 일그러뜨렸다.

"으으… 지금 내가 어떤 상태지?"

그는 쉽사리 고통이 사라지지 않는 듯 신음을 흘리면서 겨우 물었다.

은조는 수건으로 그의 얼굴에서 흐르는 땀을 닦아주며 그의 상세에 대해서 상세히 설명했다.

설명이 끝날 즈음에 고통이 어느 정도 사라진 그는 물끄러미 은조를 바라보았다.

"나 때문에 네가 고생이 많았겠구나."

"흑… 아니에요…….."

은조는 감정이 북받쳐서 또다시 울음을 터뜨렸다.

척!

그때 문이 열리고 미령과 선령이 들어서다가 쾌도비가 깨어난 것을 발견하고 크게 놀랐다. 특히 미령은 비명을 지르면서 울며 달려왔다.

"여보!"

미령은 누워 있는 쾌도비를 부둥켜안고 어린아이처럼 울음을 터뜨렸다.

"여보! 흑흑흑! 살아나셨군요……!"

'여보?'

선령은 침상으로 걸어가다가 멈춰서 눈을 크게 뜨며 놀랐다.

끼이…….

널빤지에 옮겨 실은 쾌도비를 앞뒤에서 고단군과 연무혼

이 들고 방을 나섰고, 널빤지 앞에는 은조가, 뒤에는 미령, 선령, 흑심녀가 따랐다.

쾌도비가 아령이 보고 싶다고 했기 때문이다. 은조를 비롯한 다들 몸이 좀 낫거든 보라고 만류했는데도 쾌도비는 막무가내였다.

그렇지만 쾌도비로서는 그럴 수밖에 없다. 그가 파천마에게 일격을 당해서 허공으로 솟구쳤을 때, 철황을 탄 아령이 내려꽂히면서 그를 잡아주었고, 그 순간 뭔가 화끈한 감촉이 그와 아령의 몸을 동시에 관통했다는 것을 느꼈었다.

그리고 그는 흐릿하게 꺼져가는 의식 속에서 아령의 얼굴과 목이 피범벅된 것을 목격했으며, 제발 죽지 말라고 흐느끼던 그녀의 목소리를 들었었다.

아령이 무사하다면 나중에 천천히 봐도 된다. 설령 쾌도비가 잘못되어 죽는다고 해도 그녀가 다치지 않았다면 마음의 짐을 하나 덜 수 있을 터이다.

하지만 그의 마지막 기억에서의 아령은 심각한 중상을 입었던 것이 분명하다.

그래서 그녀가 아직 죽지 않고 살아 있다면 더 늦기 전에 그녀를 한 번만이라도 꼭 보고 싶은 것이다.

은조는 아령이 괜찮으며 조금 다쳐서 누워 있을 뿐이라고 말했으나, 쾌도비는 그녀가 자신을 안심시키려고 그런다는 것을 이미 감지했다.

척!

은조가 착잡한 표정으로 방문을 열었고 고단군과 연무혼이 조심하면서 쾌도비가 누워 있는 널빤지를 들고 방 안으로 들어갔다.

"아령아……."

자리를 잡기도 전에 쾌도비는 아령을 불렀다.

"나다. 쾌도비가 왔다, 아령아."

고단군과 연무혼이 조심스럽게 널빤지를 돌리면서 침상 옆으로 다가가는데 쾌도비는 계속 아령을 불렀다. 그녀가 어떤 상황인지 모르기 때문에 부르면 대답이라도 할 줄 알았는데 아무런 반응도 없다.

"흑……."

누군가 손으로 입을 가리면서 터져 나오려는 울음을 참는 소리가 들렸다.

"어서 아령을 보여다오……."

누군가 슬쩍 건드리기만 해도 몸이 부서질 것처럼 아픈데도 불구하고 널빤지로 옮겨지며 온몸이 갈가리 찢어질 것 같으면서도 그는 재촉했다.

고단군과 연무혼은 널빤지를 침상과 나란히 수평이 되게 해주었다.

쾌도비는 얼굴을 돌리는 것조차도 어렵지만 고개를 돌리려고 무진 애를 썼다.

"어느 쪽이오?"

"오른쪽입니다, 대사형."

쾌도비는 죽을힘을 다 내서 오른쪽으로 고개를 돌렸다. 그리고 거기 침상에 고이 잠들어 있는 해쓱한 얼굴의 아령을 발견했다.

"아령아⋯⋯."

잠을 자고 있는 것 같은데 불러도 대답이 없어서 그는 더럭 불길한 생각이 들었다.

"죽⋯ 었느냐?"

"여보, 아령은 죽지 않았어요."

은조가 그의 옆으로 다가와서 아령을 보며 눈물을 흘렸다.

"쾌 랑과 같이 이곳에 온 이후부터 아직까지 깨어나지 못하고 있어요."

"음⋯ 얼마나 다쳤느냐?"

쾌도비는 목의 울대가 울컥거리는 것을 겨우 참았다.

은조가 누워 있는 아령의 몸을 몹시 조심하면서 안아 방향을 바꿔서 눕히자 보이지 않았던 그녀의 오른쪽 얼굴 쪽이 드러났다.

아령의 오른쪽 얼굴 관자놀이 부위에 약이 발라져 있는데 손가락 정도의 구멍이 뚫려서 검붉게 변색되어 있었다.

그리고 오른쪽 쇄골에 엄지손가락이 들어갈 정도의 큰 구멍이 뚫려 있고, 목에 길게 파인 상처와 역시 오른쪽 턱 아래쪽에도 구멍이 뚫린 참담한 모습이다.

"아령아……."

그걸 보면서 쾌도비는 어찌 된 영문인지 확연히 깨달을 수 있었다.

파천마의 마정신력에 당하여 반탄력에 의해 솟구쳐 오른 그를 아령이 붙잡았을 때 왼쪽 어깨 바로 아래쪽 팔뚝이 화끈한 것을 느꼈었다.

이제 보니 그것은 파천마가 발출한 지풍, 아니, 지공(指功)이 분명했다.

파천마는 필경 쾌도비를 겨냥하여 발출했을 텐데, 그는 단지 팔뚝이 관통당했는 데 비해서 아령의 상처가 이렇게 심한 것은 그녀가 그 순간에 그를 보호하느라 끌어안았기 때문일 것이다.

그래서 파천마의 지공이 쾌도비의 팔뚝을 관통했고, 이어서 그를 안은 아령의 오른쪽 겨드랑이 아래에서 파고 들어가 쇄골을 뚫었으며, 그것이 목을 훑고 올라 턱으로 들어가서 관자놀이로 빠져나갔던 것이다.

"흐으……."

그런 생각을 하자 쾌도비는 뭐라고 말해야 할지 머릿속이 온통 하얘지면서 그저 아령에게 미안하고 그녀가 한없이 고마울 따름이다.

이것은 단지 생사의 문제가 아니다. 그녀 덕분에 그가 살았고, 그래서 그녀가 중상을 입어서 깨어나지 못한다는 그런 단순한 사건이 아닌 것이다.

어떻게 그런 창졸간의 상황에서 자신의 몸을 던져서 그를 구할 생각을 할 수 있는 것인지 모를 일이다.

그는 아령을 사랑하지도 않으면서 못된 짓을 했으며 끝내는 난폭하게 순결을 빼앗은 색마에 다름 아닌 놈이었다.

그런데 어째서 그녀는 자신의 생사를 돌보지 않고 온몸으로 그를 끌어안으며 대신 지공에 맞을 생각을 했다는 말인가.

"나를… 아령 옆에 눕혀다오."

그의 요구에 고단군과 연무혼은 매우 조심하면서 그의 몸을 들어 올려 아령 옆에 눕혀주었다. 그 과정이 너무도 고통스러울 텐데도 그는 눈을 부릅뜨고 이를 악문 채 신음조차 흘리지 않았다.

단지 아령 옆에 눕혀주었을 뿐인데 그는 지금까지보다 심신이 매우 안정되는 것을 느꼈다.

철두호가 언제까지나 이곳 강가에 정박해 있을 수는 없는 일이다.

하북성에서 가장 큰 강 중에 하나인 영정하는 수많은 배가 왕래를 하고 있어서 철두호처럼 크고 날렵한 배는 눈에 잘 띌 수밖에 없다.

은조와 고단군을 비롯한 사람들은 쾌도비가 아령과 함께 누워 있는 방에 모여서 대책을 논의했다.

그리고 오랜 숙의 끝에 하나의 결정을 내렸다. 백두파가 있는 백두산으로 가기로 한 것이다.

"우리는 지금부터 먼 길을 가야 한다. 그러므로 너희는 두 가지 중 하나를 결정해라."

흑심녀는 백두산으로의 출발에 앞서 능보를 비롯한 다섯 명의 뱃사람을 모아놓고 설명했다.

능보 등은 얼마 전부터 배에서 벌어지고 있는 일을 대충 어느 정도 눈치로 짐작하고 있기 때문에 불안한 표정을 감추지 못했다.

가장 큰 불안은 물론 일자리를 잃는 것이다. 오늘로써 이들은 하루 일당으로 은자 열한 냥을 받게 되었다.

내일이면 열두 냥이고 모레는 열세 냥이다. 실로 꿈같은 일이다 이런 일자리는 세상천지 어디에도 없을 것이다. 지금 이들의 꿈이 깨지려 하고 있다.

초조한 표정으로 바닥에 앉아 있는 그들 앞에 서서 흑심녀가 거두절미 본론을 말했다.

"얼마나 걸릴지 지금으로썬 모른다. 몇 달이 될 수도 있으며 몇 년이 걸릴 수도 있다."

능보 등의 표정이 더욱 어두워졌다. 그들은 여행이 길어질 것이기 때문에 너희를 더 이상 데려갈 수가 없다고 흑심녀가 말할 것이라 예상했다.

"너희가 우리와 함께 가면 시일이 얼마가 걸리든지 한 사람당 은자 만 냥을 주겠다."

그런데 흑심녀의 입에서 나온 말은 전혀 예상 밖이라서 능보 등의 눈이 화등잔처럼 커졌으며 입이 쩍 벌어졌다.

"출발하기 전에 선금으로 은자 오천 냥을 줄 테니까 그것을 각자의 집에 보내라."

능보 등은 이제 자신들이 필요 없다고 쫓아내는 것이 아니라 오히려 억만금이나 다름이 없는 큰돈을 준다는 말에 귀를 의심하면서 과연 흑심녀가 다음에 무슨 말을 하려는지 귀를 쫑긋 곤추세웠다.

"나머지 오천 냥은 여행이 끝나 돌아오면 주겠다. 동의하지 않으면 지금 당장 배에서 내리고 동의한다면 즉시 배를 출발시켜라."

뱃사람들 사이에 정적이 흘렀다. 아무도 입을 열지 않고 눈만 껌뻑이며 흑심녀를 쳐다보았다.

하지만 이들의 머릿속은 번쩍이는 은자 일만 냥으로 가득 차있었다.

갑자기 능보가 벌떡 일어서며 뱃사람들에게 벼락같이 호통을 쳤다.

"이놈들아! 당장 배를 출발시키지 않고 뭘 꾸물거리는 것이냐? 어서 움직여라!"

"넵!"

"으랏차차! 출발이다!"

능보와 뱃사람들은 힘차게 외치면서 각자의 위치로 부리나케 달려갔다.

第九十二章

오심즉여심(吾心卽汝心)

―내 마음이 곧 네 마음

나흘 후. 마침내 철두호는 영정하를 빠져나와 망망(茫茫)한 동해로 들어섰다.

은조는 쾌도비와 아령이 누워 있는 방에 아예 침상 하나를 갖다놓고서 거기에서 숙식을 하며 두 사람의 치료에 전력을 기울이고 있다.

하지만 쾌도비는 파천마의 특수한 수법인 마정신력에 당했기에 그녀로서도 손을 쓸 방도가 없다.

별별 방법을 다 써봐도 쾌도비의 체내에서 마정신력의 기운을 배출시킬 수가 없었다.

그래서 쾌도비의 몸에 약을 바르고 하루에도 몇 차례나 추궁과혈 수법을 전개하는 것이 전부다.

그나마 그렇게 하는 것이 마정신력의 기운이 발작하는 것을 어느 정도 억제시켜 준다는 사실을 알아낸 것이 다행이라면 다행한 일이다.

아령에게는 은조가 조제한 약과 복용시키는 탕약이 효과가 있기는 하지만, 상처가 워낙 깊어서 치료 효과는 극히 미미한 상황이다.

그래도 은조는 두 사람을 치료하는 일을 소홀히 하지 않고 자신의 모든 것을 쏟아붓고 있다.

"으음……."

쾌도비는 극심한 고통 때문에 악다문 이빨 사이로 나직한 신음을 흘렸다.

은조는 곁에 앉아서 그를 굽어보며 아무 말도 하지 못하고 안타까운 표정만 지을 뿐이다.

현재 쾌도비는 스스로 운공조식을 하여 공력을 운행해 보려고 안간힘을 쓰고 있다.

은조의 치료는 물론이고 어떤 치료로도 현재 자신의 내상을 치료할 수 없다는 사실을 절감했기 때문이다.

첫 번째 목표는 운공조식을 하여 조금이라도 공력을 활용할 수 있도록 하는 것이다.

그렇게만 할 수 있다면 체내에 만연해 있는 마정신력의 기운을 스스로의 힘으로 조금씩 몰아내면서 차츰 공력을 회복하게 된다.

그런 다음에 삼절심법의 기절로써 아령을 치료할 것이다. 만약 그가 자신만을 치료하는 것이 목적이라면 지금처럼 기를 쓰고 운공조식을 시도하지 않았을 것이다.

지금 상태로 보면 어느 순간에 아령이 갑자기 죽는다고 해도 조금도 이상할 것이 없다.

현재 그녀는 그만큼 위중한 상태인 것이다. 그녀가 아직 살아 있는 것은 기적이다.

그녀가 죽어버리고 나면 그때 가서 제아무리 온갖 방법을 동원해도 소용이 없다.

그런데 어떻게 된 일인지 이놈의 공력이 단전에서 조금도 모아지지가 않는다.

수십 개의 칼로 온몸을 찌르고 난도질하는 듯한 처절한 고통쯤이야 견딜 수 있다.

그렇지만 그렇게 해서도 한 움큼조차 모아지지 않는 공력을 대체 어찌한다는 말인가.

"헉… 헉……."

"여보, 그만하세요."

곁에서 초조한 표정으로 지켜보고 있던 은조가 마침내 그를 만류했다.

그가 운공조식을 시도할 때마다 가슴과 복부에 걸쳐서 새겨져 있는 붉은 기운이 빠르게 온몸으로 퍼져가는 것을 몇 차례나 목격했기 때문이다.

그것은 그의 운공조식이 마정신력의 기운을 자극하여 온몸으로 퍼지게 하고 있음을 보여주는 증거라서 은조는 그가 잘못될까 봐 안절부절못했다.

말하자면 그가 운공조식을 하는 것은 활활 불타고 있는 곳에 기름을 끼얹는 격이다.

쾌도비는 공력이 한 움큼도 모아질 기미조차 보이지 않는 운공조식을 잠시 멈추고 한동안 헐떡이면서 거친 숨을 몰아쉬었다.

지켜보고 있는 은조는 그가 잘못되기라도 할까 봐 초조하지만, 그는 자신이 아무것도 하지 못하는 사이에 아령이 죽을까 봐 은조보다 더욱 초조했다.

안 되는 것을 계속해서 무리하게 밀어붙일 정도로 그는 아둔패기가 아니다.

그래서 과연 무엇이 문제이고 또 어떻게 해야지만 운공조식을 할 수 있을지 곰곰이 궁리했다.

지금 같은 경우는 마치 지푸라기로 커다란 바위를 묶어서 들어 올리려고 하는 것 같은 상황이다.

들어 올리려고 시도만 하면 끊어지고, 또 시도하면 어김없이 또 끊어지고 말았다.

그는 힘겹게 고개를 돌려서 아령을 쳐다보았다. 두 사람이 누운 침상은 실내 한가운데로 옮겼으며, 그녀의 엉망진창이 된 오른쪽 얼굴 쪽을 보기 위해서 그가 그녀의 오른쪽에 누워 있다.

그녀의 참혹한 모습을 계속 보고 있어야지만 무슨 방법이라도 생각날 것만 같았고, 지쳐가는 몸과 의지를 분발시킬 수 있다.

하지만 지금으로썬 고개를 돌려서 아령을 쳐다보는 것만으로도 힘겨운 일이고 손을 뻗어 그녀를 만져보는 일은 꿈도 꿀 수가 없다.

그렇기 때문에 그녀가 숨을 쉬는지 맥박은 어떤지 알 수가 없으며, 핏기 한 올 없는 얼굴을 보고 있으면 시체를 보는 것만 같았다.

"조아."

"네, 여보."

그의 부름에 은조는 얼른 상체를 굽혔다.

"내 오른팔을 살펴봐."

은조는 그의 말이 무슨 뜻인지 즉시 알아차렸다. 그는 단전

과 오른팔에 전혀 성질이 다른 각각의 공력을 지니고 있으므
로 현재 오른팔의 상황을 봐달라는 뜻이다.

즉, 그의 온몸은 마정신력의 기운에 제압되어 있는데 오른
팔도 그런지 확인하려는 것이다.

그의 말에 은조는 비로소 자신이 지금까지 그의 오른팔의
공력이 온전한지, 그리고 마정신력의 기운이 침투했는지에
대한 확인은 하지 않았다는 사실을 깨달았다.

마정신력을 가슴과 복부에 걸쳐서 적중당했으며, 인간의
신체는 사지(四肢)가 아니라 몸통이 중요하다는 평상시의 인
식 때문이었다.

그녀는 즉시 쾌도비의 오른쪽으로 가서 두 손에 공력을 일
으켜 그의 오른팔 손끝에서부터 만지고 쓰다듬으면서 세심하
게 살피기 시작했다.

수백 번이나 그의 온몸을 추궁과혈 수법으로 주무르는 동
안 마정신력의 기운이 어떤 식으로 반응을 한다는 사실을 이
미 충분히 체득을 했기 때문에 그의 오른팔에도 마정신력의
기운이 침투했는지의 여부를 알아보는 것은 어렵지 않다고
생각했다.

이윽고 어깨까지 확인을 하고 난 은조는 손을 떼면서 미소
를 지으며 그를 바라보았다.

"오른팔은 아무렇지도 않아요."

그 말을 들은 쾌도비는 쓰다 달다 별말이 없고 표정에도 변화가 없다.

은조는 그가 오른팔의 공력을 이용하여 운공조식을 시도하려는 것을 짐작했으나 아무쪼록 별일이 없기만을 간절히 바랄 뿐이다.

쾌도비는 눈을 감고 호흡을 가다듬었다. 지금부터 오른팔의 공력을 단전으로 보내서 순간적으로 단전의 공력을 촉발시켜 운공조식을 시도해 보려는 의도다. 여태까지 시도해 본 방법 중에서 가능성이 가장 높다.

그러나 만약 이것마저도 실패한다면 지금으로썬 자신의 처지를 그저 운명에 맡기는 수밖에 없다.

그렇다는 것은 누워서 죽을 때만 기다리는 것이나 다름이 없다고 그는 생각했다.

비참한 신세가 될 테고 아령은 죽겠지만 되도록 그런 생각을 하지 않으려고 애썼다.

은조는 초조하게 두 손을 가슴에 모으고 지켜보았다. 그녀 생각에도 지금으로썬 쾌도비 스스로 치료를 할 수밖에 없으며 또한 자신이 도울 수 있는 방법이 전무하기에 긴장이 극에 달했다.

'제발……'

은조는 쾌도비의 벌거벗은 단전 부위가 꿈틀거리는 것을 보면서 너무 긴장하여 입안이 바싹 말랐다.

그의 체내에서 벌어지는 일을 눈으로 볼 수는 없지만, 단전이 심하게 꿈틀거리는 것을 보면 그가 오른팔의 공력을 끌어다가 단전의 공력을 자극시켜서 운공조식을 시도하고 있음을 알 수 있다.

단전이 꿈틀거리는 것은 오른팔의 공력이 단전의 공력에 자꾸만 부딪치고 있기 때문이다.

선실 밖에서는 파도가 뱃전에 부딪치는 소리가 규칙적으로 들리고 있을 뿐 선실 내는 적막 속에서 세 사람의 소리 없는 싸움이 벌어지고 있다.

아령은 죽음과의 사투를, 은조는 지켜보는 사람의 피 말리는 간절한 열망의 싸움을, 당사자인 쾌도비는 성공이냐 실패냐의 처절한 침묵의 투쟁을 계속하고 있다.

"이제 그만하세요, 제발……."

은조는 눈물을 흘리며 애원했다. 그녀는 쾌도비가 이렇게 독종일 줄은 미처 몰랐었다.

그는 오른팔의 공력으로 단전을 일깨워서 운공조식을 하려는 것을 시작한 지 꼬박 하루가 지났는데도 멈출 줄을 모르고 계속하는 중이다.

물론 한시도 쉬지 않고 계속하는 것은 아니다. 그랬다가는 설사 운공조식이 성공한다고 해도 그전에 기력이 고갈되어 죽고 말 것이다.

반 시진 정도 운공조식을 하느라 아등바등하다가는 거칠게 숨을 몰아쉬면서 멈췄다가 일각 정도 쉬고 나서 다시 시도하기를 거듭하고 있는 것이다.

은조는 쾌도비가 이러다가 어느 순간 갑자기 숨이 끊어질 것만 같아서 이미 수십 번이나 그만하라고 울면서 애원해 봤으나 쾌도비는 그녀의 목소리가 아예 들리지 않는지 눈을 감은 채 운공조식에만 몰두하고 있다.

꾸르륵… 꾸르르…….

조용한 실내에 쾌도비의 단전이 쉴 새 없이 오르내리는 소리만 들릴 뿐이다.

그 소리가 은조의 귀에는 마치 저승사자의 소름끼치는 목소리처럼 들렸다.

"여보…….."

그가 운공조식을 시도하고 있는 중에 큰 소리를 낸다거나 슬쩍 건드리기만 해도 돌이킬 수 없는 천추의 한을 남기는 일이라도 벌어질까 봐 그녀는 전전긍긍하면서도 눈물이 멈추지 않았다.

지켜보면서 그만하라고 설득하던 은조가 먼저 지쳐 버린 듯 오랫동안 아무 말도 하지 않았다.

그런데도 쾌도비는 운공조식을 계속 시도하고 있으니 그가 얼마나 절박한지 짐작하고도 남음이 있다.

지금까지 족히 삼백여 차례 이상 계속해서 운공조식을 시도했을 터이다.

은조는 눈물도 말라 버려서 이제는 초조한 표정으로 쾌도비를 지켜보고만 있다.

언제부턴지 쾌도비의 단전이 꿈틀거리지 않았다. 운공조식을 그만둔 것이 아닌데도 그런 변화를 보이는 것은 그가 다른 시도를 하고 있는 듯 했다.

이 방법이 안 되면 저 방법으로, 그게 안 되면 또 다른 방법으로 꾸준히 시도하는 것 같았다.

"후우우… 후우……."

잠잠하던 그가 갑자기 거친 숨을 몰아쉬었다. 운공조식 시도가 실패하고 기진맥진해서 헐떡거리는 것이다. 은조가 지금껏 수없이 봐온 모습이다.

그는 어제 운공조식을 시작한 이후 지금까지 한 번도 눈을 뜨지 않았다.

숨을 쉴 때마다 가슴과 복부가 한껏 오르내리는 것을 보고 은조는 기회다 싶어서 초조하게 말했다.

"여보, 이젠 그만하시고 다른 방법을 생각해 봐요. 네? 천첩이 도울 수 있는 방법이 없을까요?"

"후우우······."

심장이 터질 것처럼 거칠게 숨을 몰아쉬던 그는 호흡이 가라앉은 후에 이윽고 천천히 눈을 떴다.

지금까지 그는 자신이 할 수 있는 방법을 최소한 열 가지 이상 지속적으로 시도해 봤었지만 결과는 실패의 연속이라 기력도 의지도 바닥이 드러난 상태다.

그런 상황에서 은조가 불쑥 '자신이 도울 수 있는 방법이 없느냐'라고 한 말을 듣고는 문득 새로운 방법 하나가 떠오른 것이다.

"후우··· 조아."

"네, 여보. 말씀하세요."

은조는 아직 호흡이 고르지 않은 해쓱하고 수염이 까칠한 모습의 쾌도비 손을 잡았다.

"조아의 공력을 내게 주입시켜 봐."

"천첩의 공력을 말인가요?"

"그래. 내가 오른팔의 공력을 단전으로 이끌 때 눈을 깜빡여서 신호를 할 테니까 그 순간에 조아도 단전에 장심을 밀착하고 있다가 공력을 주입시켜 줘."

은조는 그의 의도가 무엇인지 즉시 깨달았다. 여전히 깨어나지 않고 있는 단전의 공력을 오른팔과 그녀의 공력을 합쳐서 두들겨 깨우겠다는 뜻이다. 그는 공력이 모자라서 실패하는 것이라고 생각하는 모양이다.

이것은 전혀 새로운 시도라서 어쩌면 성공할 수 있을지도 모른다는 기대를 은조는 조심스럽게 품어보았다.

은조는 오른손 손바닥을 활짝 펼쳐서 쾌도비의 단전에 밀착시킨 상태에서 그의 얼굴을 주시했다.

그리고 마침내 그가 눈을 한 번 감았다가 뜨는 순간 그것을 신호로 끌어 올렸던 공력을 한꺼번에 오른손을 통해서 그의 단전으로 쏟아부었다.

스우우…….

그녀의 공력이 한꺼번에 단전으로 주입되자 마치 바싹 마른 모래가 물을 흡수하는 듯한 음향을 내면서 실내를 잔잔하게 흔들었다.

파천마 마정신력의 기운이 오른팔을 제외한 쾌도비의 온몸을 제압하고 있는 상황에서, 두 사람이 합동으로 시도하는 이 방법이 단전의 공력을 일깨우는 데 성공해야만 한다. 이것의 성패에 그와 아령의 목숨이 달려 있다.

후우웃!

그런데 그 순간 느닷없이 쾌도비의 몸이 단전을 중심으로 상체가 침상에 한 자나 떠올랐다가 떨어졌다.

"앗!"

은조는 소스라치게 놀라 그의 단전에 밀착시켰던 오른손을 급히 떼었다.

퍼퍼퍼퍽—

다음 순간 그의 몸속에서 작은 북을 마구 두드리는 듯한 요란한 소리가 터졌다.

은조가 놀라서 눈을 커다랗게 뜨고 지켜보고 있는 사이에 요란한 소리는 빠르게 잦아들었다.

그리고는 그때부터 쾌도비의 입과 코, 아니, 귀에서도 검붉은 액체가 꾸역꾸역 흘러나오기 시작했다.

"아아……."

은조는 그것이 마정신력의 기운이라는 사실을 한눈에 직감하고 기쁨에 몸을 떨었다.

쾌도비는 허리까지만 이불을 덮고 있었는데 은조가 급히 이불을 걷어보니까 바지를 입고 있는 하체 사타구니도 붉게 물들고 있었다.

항문과 음경에서도 마정신력의 기운이 쏟아지고 있었다. 즉, 그의 온몸의 구멍, 칠공(七孔)을 통해서 쏟아져 나오고 있는 것이다.

쾌도비의 체내에 있던 마정신력의 기운이 배출되는 데에는 반 시진이나 걸렸다. 그러는 동안 그는 온몸을 부들부들 마구 떨어댔다.

그의 온몸은 물론 옆에 누워 있는 아령과 침상 전체가 검붉은 액체로 범벅이 되었다.

애초에 파천마가 발출한 마정신력의 기운은 액체도 아니고 이렇게 많은 양도 아니었으나, 그 기운이 쾌도비의 체내로 스며들어 혈맥과 섞여서 오랫동안 체내를 돌았기 때문에 액체화된 것이다.

"음… 아직 다 나온 것 같지 않아."

은조가 깨끗한 천으로 얼굴을 닦아주자 쾌도비는 아까보다는 조금 좋아진 혈색으로 중얼거렸다.

"이제부터는 운공조식으로 배출시켜야겠다."

"잠시만 기다리세요."

은조는 성급한 쾌도비를 제지하고 침상 정리를 하려고 큰소리로 미령을 불렀다.

왈칵!

오래지 않아서 미령과 선령이 거칠게 문을 열고 쏜살같이 달려 들어왔다.

그녀들의 얼굴에는 혹시 쾌도비가 잘못되었기 때문에 은조가 자신들을 부른 것이 아닐까 하는 불안하고 당황한 기색이 역력했다.

"아악! 여보—!"

"쾌 소협!"

그녀들은 이불이 걷어져 있는 쾌도비의 몸이 온통 피투성이인 것을 보고 찢어지는 비명을 터뜨렸다.

"웬 오두방정이냐? 쾌 랑과 아령을 씻기고 침상 정리 하는 것을 도와다오."

"쾌 랑은 죽지 않았어요……?"

미령은 눈물 가득한 눈을 깜빡거리다가 쾌도비가 자신을 보며 빙그레 미소 짓고 있는 모습을 발견했다.

"으흐흑……! 여보!"

그녀는 은조가 옆에 있는데도, 더구나 선령까지 지켜보고 있는데도 전혀 개의치 않고 쾌도비를 부르면서 그를 와락 끌어안았다.

"으윽……."

"너는 쾌 랑을 죽일 작정이냐?"

쾌도비가 고통스러운 신음을 흘리며 얼굴을 찌푸리는 것을 보고 은조가 미령을 호되게 꾸짖었다.

세 여자가 분주하게 움직여서 물수건으로 쾌도비와 아령의 몸을 깨끗이 닦고 침상 정리도 마쳤다.

물론 쾌도비의 나신은 은조와 미령이 닦고 선령 혼자서 아령을 닦았다.

그렇지만 은조와 미령이 열심히 쾌도비의 나신을 닦는 모습을 보면서 선령은 매우 놀라워했다.

은조와 미령이 조금도 거리낌 없이 그리고 사이좋게 닦는 모습도 놀라웠지만, 쾌도비의 벌거벗은 나신이 마치 솜씨 좋은 장인이 심혈을 기울여서 남성상(男性像)을 조각한 것처럼 눈부시게 아름다웠기 때문이다.

더구나 난생처음 보는 남자의 음경 때문에 그리고 그것이 워낙 크다는 사실에 선령은 아령의 몸을 닦은 부위를 닦고 또 닦기를 자꾸만 반복했다.

모든 것이 깨끗이 정리된 후 은조와 미령은 나란히 쾌도비의 머리맡에 섰다.

"이제 운공조식을 해보세요."

은조의 말에 쾌도비는 담담한 얼굴로 말했다.

"조아, 이제 나가서 그만 쉬어라."

"천첩은 쾌 랑 곁에 있겠어요."

"천첩도요, 쾌 랑."

"운공조식하는 데 방해되니까 모두 나가라."

결국 쾌도비는 명령조로 말했다. 조용히 혼자 운공조식을 하고 싶은 것은 둘째 치고, 은조가 너무 오랫동안 쉬지 않아서 강제로라도 쉬게 하려는 것이다.

미령도 쾌도비 곁을 거의 떠나지 않았는데 은조가 쉬라고 등을 떠밀어서 가끔 쉬기는 했었다. 그러나 정작 은조 자신은 제대로 쉰 적이 한 번도 없었다.

철두호는 돛 네 개를 모두 펴고 발해만(渤海灣)을 동북쪽으로 나는 듯이 달렸다.

쏴아아—

은은한 파도 소리를 들으면서 쾌도비는 계속해서 운공조식을 하고 있다.

운공조식은 순조로웠으며, 한 번 운공조식이 끝날 때쯤이면 복부가 꿀렁거리고 그러면 급히 고개를 틀어서 바닥에 검붉은 피를 토해냈다.

체내에 남아 있는 마정신력의 찌꺼기를 그런 식으로 열두 번 운공조식을 하여 말끔하게 모조리 배출시켰다. 그렇게 소요된 시간은 두 시진이었다.

"후우……."

열세 번째 운공조식을 하고 난 그는 긴 한숨을 토해내고 천천히 상체를 일으켜 앉았다. 몸 여기저기가 욱신거렸으나 견딜 만했다.

침상 옆 바닥에는 그가 토해낸 피가 흥건했으며 거북한 악

취가 풍겼다.

현재 그는 체내에 있던 마정신력의 기운을 완전히 배출시켰으며 원래 공력의 칠 할 정도를 회복한 상태다.

며칠 동안 정양하면서 운공조식을 계속하면 완전히 회복할 테지만 그때까지 기다릴 수가 없어서 지금 아령을 치료해 보려는 것이다.

츠으으…….

쾌도비의 오른손 손바닥이 아래에서 위로 손가락 굵기의 구멍이 뚫린 아령의 오른쪽 겨드랑이에 닿자 기이한 음향과 함께 살이 타는 듯한 냄새와 흐릿한 수증기 같은 것이 피어올랐다.

그렇게 일각 동안 손바닥을 밀착시킨 상태에서 그는 삼절심법의 기절로써 아령의 상처를 접합시켰다.

"후우……."

슥—

긴 한숨을 토해내면서 조심스럽게 손을 떼고 확인을 해보니까 겨드랑이의 구멍이 잘 메워졌으며 약간의 흔적, 즉 흉터가 남았다.

기절을 단지 반각 동안만 주입시키는 것만으로도 접합과 치료가 충분히 가능할 테지만, 그래도 만전을 기하기 위해서 일각 동안 주입했다.

문제는 눈으로 보이는 상처가 아니라 관통된 안쪽의 구멍을 제대로 접합시키느냐가 관건이다.

스스로 검으로 목을 찔렀던 고란의 상처도 말끔하게 치료를 했었던 삼절심법의 기절이다.

천절문주 영호승이 쾌도비가 어렸을 때 가르쳐 준 삼절심법으로 고란에 이어서 아령까지 치료하는 묘한 상황이지만 그런 것을 따질 때가 아니다.

다음은 쇄골을 치료할 차례다. 파천마의 지강은 아령의 겨드랑이에서 쇄골까지 관통했다.

조금 전에 그가 치료한 것은 겨드랑이에서 안쪽 절반까지만이었으니 이젠 반대쪽이다.

마지막은 오른쪽 턱 아래 부위에서 오른쪽 뺨 관자놀이까지의 관통상을 치료하는 것이다.

일단은 상처를 치료하는 것이 급선무지만 될 수 있으면 그녀의 얼굴에 흉터가 남지 않도록 최선을 다해야 한다.

여자에게, 더구나 몸이 아닌 얼굴에 흉터가 생긴다면 평생 우울하게 살아가야만 할 것이다.

예전 쾌도비의 성격이었다면 그런 부분까지는 세심하게 신경을 쓰지 않았을 테지만 지금의 그는 많이 변했다. 그리고 그를 변화시킨 사람이 바로 주소옥이나 은조를 비롯한 주위의 여자들인 것이다.

목은 치료했고 이제 관자놀이가 남았다. 기절의 사용은 공력을 많이 허비시키기 때문에 그는 꽤 지쳤으나 멈추지 않고 치료를 계속했다.

"후우……."

한 번 심호흡을 길고도 깊게 한 후에 운공조식을 하여 공력을 기절로 변환시키고 오른손을 아령의 관자놀이로 가져가 밀착시켰다.

고란의 목을 치료했을 때에는 공력을 십성까지 완벽하게 사용할 수 있었으나 지금은 칠성 상태에서 치료를 계속했기 때문에 남아 있는 공력은 오성 정도다.

그런데도 치료를 강행하는 것은 현재 치료하고 있는 감이 매우 좋기 때문이다.

비록 공력은 많이 부족해도 치료를 하면 성공할 수 있다는 자신감이 팽배했다.

스우우…….

삼절심법의 기절이 그의 손바닥을 통해서 관자놀이의 상처 속으로 주입되는 음향이 가랑잎이 땅 위에 구르는 소리와 흡사했다.

기절의 공력, 즉 기절공(氣絶功)이 턱에서 관자놀이까지 네

치 정도 뚫어진 구멍 속으로 스며들어 상처를 조이고 접합하는 느낌이 그의 손바닥으로 전해졌다.

온 힘을 쏟고 있는 탓에 그의 얼굴에서 땀이 비 오듯이 흘렀으며 몸이 바들바들 마구 떨려서 당장이라도 혼절할 것 같았으나 이를 악물고 견뎠다.

이윽고 상처가 완전히 봉합된 느낌이 손바닥으로 전해졌으나 그는 손을 떼지 않고 계속 기절공을 주입했다. 얼굴에 흉터를 남기지 않으려는 것이다.

"으으……."

어느 순간 그는 손을 떼며 신음을 흘렸다. 아니, 손을 떼고 싶어서 뗀 것이 아니라 공력이 완전히 소진되어 혼절하여 뒤로 쓰러졌기 때문이다.

자신의 품에 안겨 있는 쾌도비가 죽어가고 있는 중이기 때문에 아령은 제정신이 아니었다.

그녀는 쾌도비와 함께 철황을 타고 자금성에 잠입했다가 파천마에게 공격을 당했던 그 절박했던 상황을 계속해서 꿈으로 꾸고 있는 중이다.

어떻게 그를 살려야 하는지 방법은 모르지만 소루주 은조에게 데려다주면 그녀가 어떻게든 그를 살려낼 수 있을 것만 같았다.

예전에는 그리도 빠르게만 느껴졌던 철황이 오늘따라 왜
이리 느리게만 가는 것인지 조바심이 났다.

"철황아… 어서 가자…… . 이 사람이… 내 사랑이 죽어가
고 있다… 제발…… ."

그렇게 말하면서 그녀는 빠르게 혼절의 늪으로 빠져들었
으며 잠시 후에 다시 정신을 차렸다.

그녀 생각에는 열 호흡 정도 아주 잠깐 혼절했었던 것 같은
기분이 들었다.

"아… 그이는…… ."

그녀는 눈을 뜨자마자 상체를 벌떡 일으키며 주위를 두리
번거렸다.

그리고는 자신의 옆에 똑바로 누워 있는 해쓱한 안색의 쾌
도비를 발견했다.

"이봐요… 여보… 정신차려요…… ."

아령은 소스라치게 놀라 쾌도비에게 달려들어 두 손으로
그의 얼굴을 감싸며 와락 눈물을 흘렸다.

"으흐흑… 쾌 랑… 여보… 죽지 말아요…… ."

그녀는 자신의 상태가 어떤지, 이곳이 어딘지를 살펴보는
것보다는 쾌도비의 생사가 우선이라서 그저 그를 붙잡고 몸
부림치고 있을 뿐이다.

그녀는 쾌도비가 파천마에게 공격을 당한 지 일각도 지나

지 않았다고 생각하기 때문에 마음이 더없이 조급했다.

"음……."

그녀가 하도 난리를 치는 바람에 혼절했던 쾌도비가 깨어나 눈을 뜨며 낮은 신음을 흘렸다.

"여보!"

"아령아……."

"조금만 기다려요! 제가… 천첩이 구해 드릴게요……!"

그녀는 쾌도비 얼굴에 눈물을 뚝뚝 흘리면서 울부짖듯이 허둥거렸다.

"아령아."

쾌도비가 손을 뻗어 그녀의 얼굴을 감쌌다.

"너를 다시 보니까 기쁘구나."

"네… 천첩도… 읍!"

쾌도비가 그녀를 끌어당겨서 입술을 포개는 바람에 그녀는 말을 잇지 못하고 눈을 동그랗게 떴다.

무슨 수를 써서라도 쾌도비를 살려야겠다고 절박한 심정이었던 아령은 그의 느닷없는 입맞춤에 크게 놀랐다. 그리고 그가 힘차게 혀를 빨아대자 온몸이 녹아버리는 것 같고 정신이 아득해졌다.

슥—

쾌도비는 자세를 바꾸어 그녀를 눕히고 자신이 그 위에 몸을 싣고는 엷게 미소 지었다.

"운공을 해봐라."

"쾌 소협……."

"조금 전처럼 여보라고 불러라."

"여… 보… 도대체……."

아령은 정신이 하나도 없다. 쾌도비가 이처럼 멀쩡하다니 이해가 되지 않았다.

"네가 나를 살려서 이 배로 데려온 지 오늘로써 열흘이나 지났다."

"아……."

아령은 놀라서 눈을 동그랗게 떴고 그 말을 이해하려는 듯 서글서글한 눈을 깜빡거렸다.

"그동안 나는 완전히 치료되었고 조금 전에 내가 너의 치료를 끝냈다. 그러니까 너는 네 스스로 지금 어떤 상태인지 알아봐라."

잠시 동안 아령의 표정이 여러 차례 수시로 변했다. 열흘 동안 일어났었던 일을 짧은 시간에 이해하려니까 그럴 수밖에 없다.

이윽고 그녀는 눈을 크게 뜨고 놀랐다가 흥분을 감추고 눈을 감더니 운공조식에 들어갔다.

쾌도비는 그녀가 누운 채 운공조식을 하는 동안 물끄러미 그녀를 굽어보았다.

미모 면에서는 주소옥이나 은조에 미치지 못하지만 하나하나 뜯어보면 이렇게 아름다운 여자가 없다고 느낄 정도로 기막힌 절색이다.

더구나 아령은 쾌도비가 알고 있는 여자 중에서 가장 완벽한 몸매를 지니고 있다.

아니, 그런 것들은 아무래도 상관이 없다. 설사 아령이 천하에서 손꼽히는 추녀라고 해도 쾌도비로서는 그녀를 사랑하지 않을 수가 없다.

그처럼 위급한 순간에 자신의 생사를 돌보지 않고 처절하게 쾌도비를 살리려 했다는 한 가지 사실만으로도 아령은 죽을 때까지 그의 사랑을 받을 자격이 있다.

물론 주소옥이나 은조, 미령이 그런 상황에 처했더라도 똑같이 행동을 할 것이다.

그러나 '할 것'과 '한 것'은 엄연히 큰 차이가 있다. 아령은 그런 일을 '한 여자'인 것이다.

"아······."

이윽고 운공조식을 끝낸 아령은 크게 놀라는 표정으로 눈을 뜨며 탄성을 흘렸다.

자신의 상태가 평소와 다름이 없다는 것을 운공조식을 통해서 확인한 것이다.

"고맙다."

눈을 뜨자마자 한 뼘 거리에서 그녀를 물끄러미 굽어보던 쾌도비가 부드러운 목소리로 속삭였다.

그녀는 쾌도비가 얼마나 과묵하고 또 잔인하면서도 냉혈한인지 잘 알고 있다.

그런 그가 그녀에게 고맙다는 말을 했다는 것은 그 속에 무궁무진한 의미가 담겨 있다는 것이다.

쾌도비는 감격한 표정의 그녀 얼굴에 자신의 얼굴을 가까이 가져가며 달콤하게 속삭였다.

"사랑한다, 아령아."

"아……."

그 한마디에 아령은 몸이 녹아서 물이 되어 흐르는 듯한 기쁨과 행복에 빠져 버렸다.

쾌도비의 입술이 그녀의 눈과 뺨과 코, 턱, 귀, 입술을 천천히 부드럽게 스치듯 문질렀다.

"아아… 쾌 소협……."

"제대로 불러봐라."

"여… 여보……."

"응."

"천첩은 죽을 것 같아요."

쾌도비는 움찔하면서 동작을 뚝 멈추고 놀란 눈으로 그녀를 굽어보았다.

"왜 그러느냐?"

"너무나 행복해서… 숨이 막혀서 죽을 것만 같아요…….
어쩌면 좋아요……."

"행복해서 죽지는 않는다."

쾌도비가 혀로 목덜미를 핥을 때 아령은 뭔가 단단하고 묵
직한 것이 은밀한 부위를 강하게 찌르는 것을 느꼈다.

그리고 그것이 무엇인지 곧 깨닫고 얼굴이 홍시처럼 빨갛
게 붉어져서 눈을 감았다.

쾌도비는 아령이 어디 한 군데 아픈 곳 없이 깨끗하게 나았
다는 사실을 깨달았다.

그는 아령이 너무도 사랑스러워서 미칠 것만 같았다. 그리
고 이 방에는 둘뿐이다. 더 중요한 것은 분위기가 무르익었다
는 사실이다.

"아……."

갑자기 쾌도비가 바지를 벗기자 아령은 화들짝 놀라서 눈
을 번쩍 떴다.

"싫으냐?"

그렇게 물으면서 그는 어느새 자신의 바지까지 벗고 그 흉
측한 흉기로 아무 곳이나 쿡쿡 찔러대고 있었다.

"몰라요……."

아령은 얼굴이 새빨개져 그렇게 말하면서도 눈을 감고 다리를 벌리면서 둔부를 움직여 그것들이 서로 잘 상봉하도록 해주었다.

第九十三章

대교약졸(大巧若拙)

—훌륭한 기교는 도리어 졸렬하게 보인다

쾌도비는 자신이 아직 파천마의 적수가 되지 못한다는 은조의 직언(直言)에 전적으로 동의했다. 자존심이 크게 상하지만 동의하지 않을 수가 없다.

억지를 부려서 파천마와 싸우다가 다시 한 번 그런 뼈아픈 일을 당하고 싶지는 않았다.

그것 때문에 그는 모든 것을 한꺼번에 잃을 뻔했었다. 죽으면 모든 것이 끝이다. 개똥밭에서 굴러도 저승보다는 이승이 낫다고 하지 않는가.

갑판 바로 아래 대회의실로 사용하는 큰 선실에 뱃사람들을 제외한 모든 사람이 모여 있다.

이즈음에는 고란도 완전히 다 나아서 자유롭게 활동하고 있으므로 이 자리에 참석했다.

"말씀드릴 것이 있습니다."

쾌도비 맞은편에 앉은 고단군이 두 손을 탁자 위에 모으고 조심스럽게 말문을 열었다.

그는 원래 농담이나 장난을 모르는 진지한 성품인데 지금 표정은 더욱 진지해서 엄숙하기까지 했다.

"우리는 백두산에 반드시 가야만 합니다."

원래는 마정신력에 적중된 쾌도비와 혼수상태에 빠져 있는 아령을 안전한 장소에서 치료하기 위한 목적으로 백두산에 가려고 했었다.

그런데 두 사람이 다 나은 현재 상황에서는 구태여 백두산에 갈 이유가 없다고 생각하는 쾌도비다. 그래서 고단군이 그를 설득하고 나섰다.

"가야 하는 이유를 말해보시오."

쾌도비의 목소리에서는 이미 백두산에 가지 않겠다는 의지가 강하게 풍겼다.

고단군은 백두파의 장문인이 어떻고 하는 말로는 그를 설득하지 못할 것이라고 판단했다.

그래서 그는 결국 나중에 밝히려고 했던 최후의 방법을 쓰기로 마음먹었다.

"파천마를 이기기 위해서라면 대사형께서 반드시 백두산에 가야만 합니다."

쾌도비는 의아한 표정을 지었다.

"어째서 그렇소?"

고단군의 표정이 더욱 엄숙해졌다.

"백두산 은밀한 곳에 본 파의 비전(秘傳)이 감추어져 있기 때문입니다.

"비전?"

쾌도비는 의아한 표정을 지으면서 좌우에 앉은 은조와 아령을 쳐다보았다.

은조는 쾌도비와 아령이 깊은 관계가 되었다는 사실을 오늘 처음 알게 되었다.

아까 쾌도비와 아령이 있는 방에서 흘러나오는 격렬한 신음소리를 듣지 못한 사람은 철두호에서 뱃사람 다섯 명뿐일 것이다.

그래서 사람들은 쾌도비가 끝내 아령을 살려냈으며, 두 사람이 기쁨을 견디지 못하고 그 자리에서 정사를 한 것이라고 추측했다.

은조로서는 우령에 이어서 미령과 아령까지 세 명의 수하가 쾌도비의 여자가 된 셈이라 마음이 그다지 편하지 못한 상황이다.

하지만 그녀는 보기와는 달리 매우 순종적이고 사랑하는 남자에 대한 이해심이 깊은 편이다.

물론 그녀는 그런 사실을 예전에는 몰랐으나 막상 여러 가지 일을 당하고 보니까 자신의 그런 감춰졌던 면면을 깨닫게 된 것이다.

원래 영웅은 호색한다느니, 훌륭한 남자의 아내가 되려면 그런 것쯤은 견뎌야 한다는 식의 말은 잘 모를뿐더러 이해하고 싶지도 않은 그녀다.

다만 쾌도비에 대한 깊이를 알 수 없는 사랑으로 그런 힘겨운 상황들을 슬기롭게 극복하고 있을 뿐이다.

미령은 아령 옆에 앉았으나 뭔가 불편한 표정이다. 그녀는 은조 같은 이해심이 없으므로 아령이 쾌도비의 여자가 됐으며 그의 옆에 붙어서 앉아 있다는 사실 때문에 심기가 틀어진 것이다.

하지만 그녀는 은조하고는 다른 방식으로 그 사실을 이해하려고 애썼다.

쾌도비는 굴러가고 있는 하나의 커다란 바퀴이고 은조는 바퀴의 중심인 굴대를 이루고, 자신은 그저 바퀴살 같은 존재라고 말이다.

바퀴와 굴대는 하나지만 바퀴살은 수십 개나 된다. 그것은 즉, 앞으로 쾌도비가 수십 개의 바퀴살, 즉 여자를 더 얻을 수도 있다는 뜻이다.

"그렇습니다. 대사형께서 그 비전을 얻으신다면 파천마를 꺾을 수 있을 것입니다."

고단군은 주먹까지 힘껏 움켜쥐면서 확신하듯이 말하고는 쾌도비를 똑바로 직시했다.

"비전이라는 것에 대해서 말해보시오."

쾌도비는 백두파의 비전에 약간의 관심을 보였다.

"란아, 대사형께 자세히 말씀드려라."

고단군은 왼쪽에 앉은 고란에게 설명을 양보했다.

이 자리에 앉을 때부터 매우 복잡하고도 깊은 눈빛으로 쾌도비를 응시하고 있던 고란은 원래 꼿꼿한 자세를 더욱 단정하게 펴고서 듣는 이의 심금을 상쾌하게 만드는 목소리로 입을 열었다.

"그곳은 단단대원(單單大院)이라는 곳이며 아무도 찾지 못할 백두산의 심처에 위치해 있어요. 본 파에서는 오백여 년 전에 오로지 한 분만이 그곳에 들어가셨는데 이후 중원에서 이 년 동안 활약하시면서 대동무적(大東無敵)이라는 별호를 얻으셨어요."

"아! 대동무적이라니……."

은조가 깜짝 놀라서 탄성을 터뜨리는 바람에 모두의 시선이 그녀에게 쏠렸다.

"아니에요. 말씀하세요."

그러나 은조는 분위기를 깨는 것 같아서 고란에게 계속 설명하라고 종용했다.

은조가 좌중을 가만히 둘러보니 아무도 대동무적에 대해서 아는 사람이 없는 것 같았다.

하지만 대동무적이 백두파 장문인이었다니 상상해 본 적도 없는 놀라운 일이다.

"단단대원은 본 파가 위기에 처했을 때 오직 장문인 한 분만 들어갈 수 있어요."

고란의 설명은 이러했다.

백두파는 장문인이 죽게 되면 단단대원으로 들어가서 입적(入寂), 즉 숨을 거두는 규칙이 있다.

그러므로 단단대원에는 백두파 창건 이래 얼마 전에 죽은 연도천까지 장장 팔십여 대에 이르는 장문인의 유해가 안치되어 있는 것이다.

그곳에는 오로지 장문인만이, 그것도 백두파가 존폐의 위험에 처했을 때에만 연공할 수 있는 하나의 비전절학이 감추어져 있다.

과거 오백여 년 전에 백두산이 대규모 화산폭발을 했으며 또한 발해국의 멸망이 겹치는 일대변란이 벌어졌었다.

그런 험난한 와중에 대조천의 수많은 방파와 문파가 득세를 했었다.

반면에 백두파는 위기에 직면했었다. 그러나 당시의 장문인이 단단대원에 들어갔다가 나와서 백두파를 예전보다 더욱 굳건하게 만들었으며 중원으로 나가서 대동무적이라는 별호를 얻은 일이 있었다.

"만약 대사형께서 단단대원에 들어가신다면 파천마를 능히 이길 수 있을 것이라고 확신해요."

고란은 그런 말로 설명을 끝냈다.

쾌도비는 백두파 단단대원이라는 곳이 그토록 대단하다면 백두산으로 가야겠다고 생각했다.

현재로써 그의 능력으로는 도저히 파천마를 이길 수가 없다. 길고 짧은 것은 대봐야 안다지만 자금성 교태전 지붕에 내려서는 순간 파천마의 마정신력에 적중됐던 것 하나만 보더라도 다른 것들은 미루어 짐작할 수가 있다. 백 번 싸우면 백패를 당할 터이다.

이런 상황에서 쾌도비가 막무가내로 파천마를 상대하겠다고 한다면 그야말로 객기일 뿐이다.

파천마가 천절성군을 사주하여 소요장을 급습하도록 해서 요령과 우령 등 수십 명을 처절하게 죽였다.

또한 파천마가 뜻밖에도 자금성 교태전에 있었다는 것은

그자가 태자와 주우명과 모종의 은밀한 거래를 하고 있다는 방증이다.

고로, 주소옥과 손효랑, 위용도 낙양에서 북경으로 오다가 파천마에게 당했을 가능성이 크다.

쾌도비는 생각나는 것이 있어서 은조에게 물었다.

"조아, 조금 전에 대동무적이라는 말에 왜 놀란 거지?"

은조는 차분하게 대답했다.

"천첩은 예전에 고서에서 대동무적이라는 별호를 들어본 적이 있어요."

모두들 은조를 주시하는데 그중에서 고란의 눈빛이 더욱 강렬하게 빛났다.

은조가 쾌도비의 정부인이라고 생각하기 때문이다. 하지만 경계가 아니라 그녀의 면면을 살피는 것이다.

"사실 대동무적은 중원의 은인이었어요. 정확히 오백칠십 년 전에 중원강호에는 거대한 대혈풍이 휘몰아쳤는데, 무림사 최악의 마인이라는 구중혈마(九重血魔)의 강호를 제패하려는 야욕 때문이었어요."

무려 오백칠십 년 전의 일이라서 강호에는 실전(失傳)된 지 오랜 전설 같은 이야기를 은조는 자세히 알고 있었다.

"그 당시에 강호 전체는 제대로 반항조차 하지 못한 채 대부분 구중혈마의 수중에 떨어졌었는데, 그때 마치 혜성처럼 강호에 출현한 신비의 인물이 구중혈마와 일대일로 싸움을 벌여서 삼 주야(三晝夜)의 대혈전 끝에 마침내 구중혈마를 굴복시켰어요."

"소루주, 그것은 혹시 중악동서혈전(中岳東西血戰)을 말씀하시는 게 아닌가요?"

나름대로 학식이 풍부한 선령이 눈을 크게 뜨고 물었다.

"그래. 중악인 숭산(嵩山)의 소실봉(少室峰)에서의 그 싸움 이후 구중혈마는 무공이 전폐되어 도주했으며, 비로소 숨죽이고 있던 강호의 수많은 방파와 문파가 일제히 봉기하여 구중혈마의 세력들을 척결하고, 마침내 강호를 마의 손아귀에서 구했었지."

은조는 감히 넘볼 수 없는 다소곳한 아름다운 자태로 좌중을 둘러보며 말을 이었다.

"이후 강호인들은 구중혈마를 물리친 신비인이 동쪽, 즉 동이강호에서 왔다는 사실을 알아내고 그에게 '대동무적'이라는 별호를 헌상했어요. 그런데 대동무적이 백두파의 장문인이었을 줄은 몰랐어요."

그때 쾌도비는 뭔가 생각나는 것이 있어서 물었다.

"혹시 대동무적이 동방무적이 아닌가?"

은조는 그의 총명함에 방그레 미소 지었다.

"맞아요."

"그렇다면 그 당시에 대동무적에게 패했던 구중혈마라는 자가 서방무적이고, 그때 이후부터 동서무적이라는 말이 생긴 것인가?"

"틀림없어요."

"그랬었군."

선령과 아령, 미령은 언젠가 '중악동서혈전' 이라는 말은 들은 기억이 어렴풋이 있으나 이처럼 자세한 내용을 듣는 것은 처음이다.

은조는 나란히 앉은 고단군과 고란, 연무혼을 차례로 바라보면서 조용히 말했다.

"이제 보니 백두파가 중원강호의 은인이었군요. 소녀가 중원강호를 대표하여 감사드려요."

"별말씀을……."

고단군은 대사형의 부인이나 다름이 없는 은조가 일어나서 공손하게 포권을 하며 고개를 숙이자 당황하여 황급히 손을 내저었다.

"대사형, 소제의 소견으로는 파천마가 오백칠십 년 전에 대동무적에게 패하여 도주했던 구중혈마의 진전을 이어받은 것 같습니다."

고단군의 말은 아무도 생각하지 못했던 것이라서 모두들 깜짝 놀랐다.

하지만 그럴 가능성을 배제할 수가 없다. 난데없이 파천마가 하늘에서 뚝 떨어졌을 리는 없는 것이다.

"그렇다면 파천마가 사부님을 죽이고 백두파를 급습한 것은 그때의 복수로군요."

"틀림없습니다. 뿐만 아니라 파천마는 대조천 전체를 제패하려는 야욕을 품고 있는 것이 분명합니다."

은조가 깜짝 놀라서 묻자 고단군은 분노의 표정으로 고개를 끄떡였다.

쾌도비는 뭔가 생각나는 것이 있어서 눈을 빛내며 무겁게 중얼거렸다.

"그렇다면 파천마가 자금성에서 태자와 주우명을 만나고 있었다는 것은 뭔가 꿍꿍이가 있는 것이로군."

은조가 깜짝 놀라는 표정으로 말을 받았다.

"설마 파천마는 대조천에 이어서 중원강호까지 제패하려는 것이 아닐까요?"

"음. 틀림없을 것이다."

쾌도비는 무거운 신음을 흘리며 사나운 눈빛을 흘렸다.

"원래 황궁과 강호는 서로 간섭하지 않는 관계지만, 파천마는 일단 황궁의 허락을 받아놓고서 한바탕 분탕질을 치려는 것이 분명하다."

"그러고 보니까 파천마가 천절성군을 끌어들이려고 했던

것이 아귀가 맞는군요."

"내 짐작이 틀림없다면 놈은 손 아주머니와 위 아저씨를
제압하여 자신의 수하로 끌어들이려고 할 것이다. 그리고 소
옥은 태자에게 주었겠지."

쾌도비의 눈이 새파랗게 이글거렸다.

"십중팔구 소옥은 이미 죽었을 것이다."

"그렇지 않을 가능성이 커요."

은조는 쾌도비 쪽으로 돌아앉아서 그를 바라보며 확신하
는 얼굴로 말했다.

"태자와 주우명은 원래는 자봉공주를 죽이려고 했었으나
지금은 오히려 쾌 랑을 더 죽이고 싶어 해요. 그리고 자봉공
주는 쾌 랑을 유인할 수 있는 유일한 미끼예요. 그런데 그리
쉽게 죽이겠어요?"

쾌도비는 은조의 말이 단순한 위로라고 생각하지 않았다.
듣고 보니까 과연 그녀의 말이 일리가 있다.

쾌도비가 태자나 주우명의 입장이라고 해도 주소옥을 미
끼로 삼을 것이다.

사람을 죽이는 것은 쉽지만 일단 죽였다가 살려내는 일은
불가능한 일이다.

*   *   *

바다로 나선 지 이십여 일 만에 철두호는 동해를 가로질러 맞은편에 있는 거대한 강의 입구로 들어섰다.

"압록강(鴨綠江)이에요."

배의 선수에서 유난히 푸른 물살을 바라보고 있는 쾌도비에게 고란이 다가와서 설명했다.

"강물의 색깔이 오리의 머리빛깔하고 닮았다고 해서 붙여진 이름이에요."

"음."

쾌도비는 가볍게 고개를 끄떡였다. 말을 듣고 보니까 과연 강물이 오리의 머리처럼 푸른빛으로 빛나는 것 같았다.

그는 잠시가 지나도 고란이 아무 말도 없어서 돌아보니까 그녀는 그의 한 걸음쯤 뒤에 다소곳이 서서 강물을 바라보고 있었다.

"이리 오시오."

쾌도비가 자신의 옆을 가리키자 고란은 비로소 다가와 그와 나란히 섰다.

쾌도비가 스스로 치료를 하고 아령을 치료한 이후 이곳까지 오는 이십여 일 동안 그와 고란은 식사 시간 외에는 거의 마주칠 일이 없었다.

고란이 아팠을 때에는 쾌도비가 하루에 한 차례씩 그녀에게 들렸으나 자리를 털고 일어난 후에는 그럴 일이 없어졌기 때문이다.

두 사람이 더 어색해진 이유가 있는데, 그것은 쾌도비가 백두파의 단단대원에 가기로 결정한 이후에 뜻하지 않은 사실을 알게 된 탓이다.

백두파 장문인이 단단대원에 들어갈 때에는 반드시 부인을 대동해야만 한다.

부인이 없을 경우에는 시중을 들 하녀나 그에 준하는 여자를 데리고 들어가는 것이 규칙이다.

쾌도비는 백두파가 지정한 정혼녀, 즉 고란이 있으므로 그녀와 같이 단단대원에 들어가야 하는 것이다.

고란은 그런 사실을 알고 있었으나 고단군이 쾌도비에게 말함으로써 표면적으로 드러나 그때부터 둘 사이가 예전보다 더 어색해졌다.

백두파의 새로운 장문인과 정혼녀는 단단대원에 들어가기 전에 백두파의 장로들과 모든 제자가 지켜보는 가운데 혼인식을 치르게 될 것이다.

이후 단단대원에 들어가면 두 사람은 부부로서 생활을 해야만 한다.

사실 이즈음의 쾌도비는 고란에 대한 거부감이 거의 없다. 아니, 오히려 묘한 매력마저 느끼고 있다.

그날 밤 부친이 사는 유정거에서 갈등에 빠졌던 고란이 결국 검으로 자신의 목을 찌르는 난리를 펼친 이후 쾌도비는 백두파의 장문인 지위와 고란을 아내로 맞이하는 일에 대해서는 이미 마음을 비웠기 때문이다.

또한 은조와 미령, 아령이 있는데 어떻게 여자를 또 받아들일 수 있느냐는 것도 문제가 되지 않는다.

그것에 대해서는 은조 등도 모두 인정하고 또 이해한 터이고, 이제 정사에 대해서 득도(得道)의 경지에 발을 내디딘 쾌도비로서는 고란 같은 고구려의 절세미녀를 마다할 이유가 없는 것이다.

더구나 그는 한인이 아니라 고구려인이며 그것도 연개소문의 직계후손이다.

그리고 고란은 고구려 황족의 직계후손이므로 서로에 대한 이질감도 없어야 한다.

어차피 이렇게 된 일이거늘 이제 와서 돌이킬 수도 없으며, 그런다는 것은 쾌도비가 실없이 허언(虛言)을 한 꼴이 되고 또 단단대원에서 백두파의 절학을 익히는 일도 무위로 돌아가고 말 것이다.

사실 쾌도비는 고란을 싫어하지 않는다. 오히려 그녀의 미모나 조용하고 화끈한 성격을 마음에 들어 한다. 어차피 부부가 될 사이인데 어색하게 데면데면한 것은 그의 성격으로도 어울리지 않는다.

슥―

그는 자신이 먼저 무언가를 보여주기 위해서 팔을 올려 고란의 어깨를 가만히 감싸 안았다.

"……!"

고란의 몸이 움찔 떨렸다. 하지만 그녀는 뿌리치지 않고 그대로 가만히 서 있었다.

하지만 강물을 응시하는 눈에는 아무것도 보이지 않았고 길고 검은 속눈썹이 바르르 떨리고 있었다.

그때 쾌도비의 조용한 목소리가 그녀의 고막을 잔잔하게 울렸다.

"우리 잘해봅시다."

가볍게 움찔 놀란 고란은 이끌리듯 고개를 돌려 쾌도비를 바라보았다.

그녀의 시선 속으로 단단하면서도 강직한 사내의 옆모습이 들어왔다.

그렇지만 조금 전까지 봤던 낯선 사내의 모습은 어디론가 사라져 버리고 지금은 성큼 가까워진 친근한 모습의 사내로 변해 있었다.

이윽고 쾌도비도 그녀를 쳐다보았다. 두 사람의 시선이 잠시 동안 움직이지 않고 아무 말 없이 서로의 눈을 그윽하게 응시했다.

파도처럼 흔들리던 고란의 눈빛이 점차 가라앉더니 고요해졌다. 격탕하던 감정의 기복이 잠잠해진 것이다. 쾌도비가 그녀의 어깨에 팔을 올린 것을 인정하는 듯했다.

문득 쾌도비는 고란의 목에 감겨져 있는 연분홍 비단 손수건에 시선이 끌렸다.

그것은 일전에 그가 고란 목의 흉터를 가리라고 손수 감아준 것이었다.

원래는 주소옥이 정표로 그에게 준 것이지만 고란에게 필요할 것 같아서 감아주었다. 그렇다고 아무런 뜻도 없이 무심코 해주었던 것은 아니다.

이제 주소옥은 잊어야 할 여자라는 생각에 그녀에 대한 것들을 하나씩 정리하는 마음이었다.

고란은 다시 고개를 돌려 강물을 바라보았다. 그녀를 응시하고 있는 쾌도비는 문득 그녀의 옆모습이 정말 아름답다는 사실을 처음 깨달았다. 한족하고는 달리 뾰족한 콧날이 특히 예뻤다.

그러나 그는 자신이 방금 잘해보자고 한 말에 고란이 아무런 대꾸나 반응이 없는 것에 신경이 쓰였다.

지금까지 그가 알고 있던 여자는 모두 그가 그런 식으로 말하면 고맙고 감격해서 어쩔 줄 몰랐었는데 확실히 고란은 그런 점에서도 달랐다.

그렇다고 쾌도비에게 다른 방법이 없는 건 아니다. 이왕 내
친 김에 그는 고란과의 관계를 조금 더 개선해야겠다고 마음
먹었다.

슥—

이런 상황에서 그가 할 수 있는 최고의 무기는 신체적인 접
촉, 즉 그녀의 몸을 만져주는 것이다. 무식하면 용감하다라는
말은 쾌도비의 무기이기도 하다.

슥—

마음먹으면 곧장 실행에 옮기는 그다. 어깨를 감쌌던 팔이
아래로 흐르더니 곧 고란의 나긋나긋한 허리를 부드럽게 감
싸 안았다.

움찔!

이번에도 고란의 몸이 한 차례 크게 출렁였다. 그녀를 보고
있던 쾌도비는 그녀의 풍만한 가슴이 요동치는 것을 놓치지
않았다.

그의 예상대로 고란은 허리에 그의 팔을 두른 상태에서 가
만히 있었다.

하긴 지금까지 그의 손길을 뿌리친 간 큰 여자는 단 한 명
도 없었으니까 고란이라고 예외는 아니다.

쾌도비는 어차피 고란은 자신의 아내가 될 여자니까 미리

기를 꺾어둘 필요가 있다는 생각을 했다. 그래야 나중에 무슨 일을 하더라도 수월해질 터이다.

스으―

두 번째까지 성공한 그는 이윽고 필살기라고 할 수 있는 둔부 더듬기를 개시했다.

허리를 감았던 손이 아래로 향하더니 탱탱한 둔부를 덮은 상태에서 가만히 정지했다.

'아……'

쾌도비를 찾으려고 선창에서 갑판으로 올라와 두리번거리던 은조의 눈에 어떤 광경이 들어왔다.

저만치 선수에서 쾌도비가 손으로 고란의 둔부를 더듬고 있는 뜻밖의 장면이었다.

은조의 시선은 고란의 둔부를 덮고 있는 쾌도비의 손에 고정되었다.

저 손은 늘 은조의 몸을 더듬고 만져서 황홀감을 주었던 바로 그 손이다. 그런데 지금은 또 다른 여자의 둔부를 더듬고 있는 것이다.

은조의 동공이 잠시 크게 흔들리더니 곧 몸을 돌려 방금 나왔던 선창으로 급히 내려갔다.

탁—

고란은 자신의 둔부를 만지고 있는 쾌도비의 손을 매정하게 손으로 쳐서 떼어냈다.

그리고는 그를 한 번 차갑게 쏘아보고는 몸을 홱 돌려 선창 쪽으로 걸어가 버렸다.

그날 쾌도비는 자신의 필살기인 '둔부 더듬기'가 먹히지 않는 여자가 있다는 사실을 처음 깨달았다.

第九十四章

비지중물(非池中物)

— 용이 때를 만나 못을 벗어나 하늘로 승천한다

선창 자신의 방에서 다섯 차례 운공조식을 끝낸 쾌도비는 갑판으로 올라왔다.

현재 그는 예전의 공력이 완전히 회복된 상태다. 파천마의 마정신력 기운을 배출시킨 이후 틈만 나면 꾸준히 운공조식을 한 결과다.

오랫동안 배에서 생활을 하다보니까 무공 연마를 제대로 할 기회가 없어서 몸이 찌뿌듯했다.

그러나 갑판 위라고 해서 마땅히 무공 연마를 할 수 있는 공간이 있을 리 만무하다.

그의 무공이 그저 도검으로 한정된 공간에서 춤을 추듯이 할 수 있는 것이 아니라서 제법 크다는 철두호의 갑판에서도 무공 연마는 불가능했다.

그래도 너무 오랫동안 무공 연마를 특히 비쾌법 삼 초식을 전개해 보지 않아서 기분이 많이 께름칙했다.

무인이라면 매일 수련을 해야 하는 것은 당연하고, 현재 자신의 수준이 어느 정도인지 점검하는 것 또한 무엇보다 중요한 일이기 때문이다.

그때 문득 쾌도비의 눈에 띈 것이 있다. 저만치 강가에 죽 늘어서 있는 크고 작은 수십 개의 바위다.

저것들을 상대로 잠시나마 무공 연마를 해보면 좋겠다는 생각이 들었다.

슥―

그는 지체 없이 품속에서 비도쾌를 꺼내 오른손에 쥐고 강가의 바위 무리를 주시했다.

갑판에서 바위 무리까지의 거리는 무려 오십여 장에 달했다. 압록강 하류는 거의 바다처럼 드넓어서, 철두호가 바위 무리가 있는 강 쪽으로 가깝게 붙어서 강물을 거슬러 오르기 때문에 그나마 이쪽이 오십여 장이지 반대쪽 거리는 무려 이백여 장에 달했다.

어쨌든 지금으로썬 오십여 장 거리에 있는 바위 무리를 표

적으로 삼는 수밖에 없으니까 그것들을 상대로 비쾌법 삼 초
식을 연마하기로 했다.

배를 바위 무리 쪽으로 좀 더 가까이 붙이라고도 할 수 있
으나 이 기회에 한 번 오십여 장 거리에 도전해 보고 싶은 마
음이 불끈 솟구쳤다.

쏴아아……

철두호가 수면을 가르면서 나아가고 있는 중에 쾌도비는
오른손에 움켜쥔 비도쾌를 앞으로 쭉 뻗어 강가의 많은 바위
중에 하나를 골라 겨냥했다.

지금 그의 몸 상태는 최고조다. 오십여 장이 아니라 백여
장 거리의 표적이라도 단번에 박살 낼 수 있을 것 같은 자신
감이 팽배했다.

그는 단전은 물론이고 오른팔의 공력까지 동시에 끌어 올
려서 오른팔 비도쾌에 모으고 비쾌법 제 일 초식 천지무쌍쾌
를 전개했다.

구오오오—

예전에 가장 강성했을 때 전개했던 천지무쌍쾌보다 더욱
강렬한 음향이 흐르면서 비도쾌에서 투명하리만치 검푸른 도
강이 폭발하듯이 뿜어졌다.

지금까지의 기분 좋은 상황으로 봐서는 오십여 장 거리에
표적으로 삼은 바위를 적중시킬 수 있을 것이라고 쾌도비는

확신했다.

천지무쌍쾌의 도강은 철두호 난간가에서 일직선을 그으며 빛처럼 강가의 바위로 쏘아갔다.

그러나 바로 그 순간 쾌도비의 눈을 의심하게 만드는 일이 벌어졌다.

천지무쌍쾌의 도강이 강가에 채 이르지도 못한 상태에서 허공중에서 안개처럼 사라져 버린 것이다.

"이런……."

그는 얼굴을 보기 싫게 일그러뜨렸다. 계산해보니 도강이 대략 사십여 장은 쏘아간 것 같았으나 나머지 십여 장을 도달하지 못했다. 자신감이 컸던 만큼 실망도 컸다.

'저걸 맞추지 못하다니…….'

그는 도저히 승복할 수가 없어서 이번에는 더욱 공력을 극한으로 끌어 올려 천지무쌍쾌를 다시 전개했다.

그렇지만 결과는 마찬가지였다. 도강은 역시 사십여 장을 넘지 못하고 스러져 버렸다.

쾌도비의 실망감은 이만저만한 것이 아니다. 그는 갑판 난간가에 우두커니 서서 오랫동안 움직이지 않고 강가를 쏘아보았다.

이제는 강가의 바위 무리도 보이지 않았으며 우거진 숲만 이어지고 있었다.

휘스스······.

한줄기 바람이 불어와서 그의 옷자락을 날려서야 그는 비로소 정신을 차렸다.

돌이켜 생각해 보니까 쓴웃음만 나왔다. 예전에 그가 천지무쌍쾌를 전개했을 때 한계가 삼십여 장이었다.

그런데 지금은 사십여 장에 이르렀으니까 장족의 발전이라고 할 수가 있다.

그 사이에 어떤 기연을 얻은 것도 아니고 그렇다고 몇 년이 세월이 후딱 흘러버린 것도 아닌데 어찌 그의 공력이 일취월장 증진하였겠는가.

모든 일에는 원인이 있어야지만 결과도 있는 법이다. 그는 결국 오늘 있었던 일을 승복할 수밖에 없었다.

만약 그에게 어떤 놀라운 기적이 일어나지 않는 한 천지무쌍쾌의 도강으로 오십여 장 밖의 목표를 적중시킬 수는 없을 터이다.

이런 상황이므로 비쾌법 이 초식 고금제일도나 삼 초식 삼라만상비를 전개해 보는 것은 무의미하다. 괜히 실망만 더 커질 뿐이다.

고단군의 말로는 압록강 하구에 이른 철두호가 목적지 근처인 상류에 이르려면 빨라야 보름 이상 걸린다고 했다.

압록강은 무려 육십여 개의 크고 작은 강과 하천이 모여서 이룬 대조천 최대의 대강(大江)이라서 발해만을 건넌 것과 맞먹는 시일이 걸린다.

쾌도비는 비쾌법으로 강가의 바위를 맞추려는 시도가 무위로 돌아간 것에 대해서 스스로 인정했으면서도 괜히 마음이 우울해졌다.

그는 그때 이후 선창으로 내려가서 혼자서 술을 마시기 시작했다.

그러던 것이 은조가 그 모습을 보고는 그와 함께 술을 마시기 시작했으며, 이후 한 명 두 명 더해져서는 나중에는 아예 술판이 벌어지고 말았다.

철두호는 강가의 기슭 은밀한 곳에 정박하여 모습을 감추었으며, 선창에서는 밤이 깊은 줄 모르고 술자리가 이어지고 있었다.

커다랗고 네모난 탁자 둘레에는 쾌도비를 비롯한 여자들과 고단군 등 백두파 사람이 모두 둘러앉아서 대화를 나누며 주거니 받거니 술을 마셔댔다.

쾌도비 쪽에는 좌우에 은조와 아령, 그리고 그 옆에 미령과 아령이 앉았으며, 맞은편에는 고단군과 좌우에 고란, 연무혼이 앉았다.

그런데 뜻밖에도 흑심녀가 쾌도비 맞은편 고란 옆에 앉아서 술을 마시고 있다. 아마도 마주앉은 사람들 머릿수를 맞추려는 의도였나 보다.

지금은 술이 꽤 취한 흑심녀가 과거 쾌도비가 탈명도 시절에 활약했던 일들을 장황하게 늘어놓고 있는 중이다.

그 당시의 쾌도비는 하류무사 수준이었으며 돈을 버는 일과 흑청사 문신을 찾는 일이라면 물불을 가리지 않고, 또 비열하고 잔인한 방법도 마다하지 않았던 철모르던 시절이라서 듣는 사람들은 적잖이 놀라는 표정들이다.

"우헤헤… 그때 내가 도비를 잡아먹었었지……!"

그동안 마음이 많이 울적했고 또 여러 상처를 받았던 흑심녀는 폭음을 한 탓에 몸을 가누지 못할 정도로 만취하여 입에서 술과 음식찌꺼기를 튀기며 떠들어댔다.

방금 그녀가 말한 '잡아먹었다' 라는 표현은 시정잡배들이 쓰는 표현이다.

말하자면 남녀 간에 한쪽이 다른 한쪽을 강제로 강간을 하거나 정사를 했다는 뜻이다.

하지만 쾌도비와 흑심녀를 제외한 사람들은 정통파라서 그 뜻을 알아듣지 못했다.

"이보슈 소루주. 도비 거, 엄청 크지 않소?"

그녀는 한껏 풀어진 눈으로 비스듬히 앉은 은조를 게슴츠

레 쳐다보면서 이죽거렸다.

계속 쉬지 않고 술을 마신 터라서 은조도 꽤 취했으나 쓰러질 정도는 아니다.

"뭐가 크다는 건가요?"

"음경 말이야 음경! 여기 달린 기다란 것……! 푸헤헤!"

흑심녀는 거침없이 말하면서 손을 내려서 자신의 사타구니를 가리켰다.

만약 평소였다면 그녀는 절대로 그런 말을, 더구나 자신과 쾌도비의 은밀했던 과거지사 같은 것은 입에 담지도 않았을 것이다.

또한 평소였다면 흑심녀의 그런 말에 좌중의 사람이 크게 놀라고 또 눈살을 찌푸렸을 터이다.

그러나 다시 말하지만 지금 좌중의 사람은 평소의 그들이 아니다. 모두 이미 거나하게 취한 상태다. 그래서 흑심녀의 말에 그다지 놀라지 않았다.

"당신이 그걸 어떻게 알죠?"

은조는 물음을 물음으로 답했다. 그러나 그녀의 물음은 흑심녀의 물음, 즉 쾌도비의 음경이 크다는 사실을 인정하고 들어간 것이다.

흑심녀는 쾌도비를 보면서 입맛을 다시듯 빨간 혀로 입술을 핥았다.

"푸헤헤… 내가 도비를 잡아먹었다니까 그러네? 아주 곤죽이 되도록 만취시킨 후에 내가 도비를 강간했었던 거지. 그때 난 도비 음경에 찔려서 죽는 줄 알았어… 헤헤……."

그녀는 손짓 발짓 섞어가면서 떠들어댔다.

그러나 쾌도비는 그녀를 만류할 생각이 없었다. 만류하기에는 이미 늦었으며 지금 만류하면 꼴이 더 우스워진다.

게다가 은조나 미령, 아령 등에게는 구태여 그 사실을 감추고 싶지 않았다. 그녀들의 이해심이 넓으니까 아주 대범해진 것이다.

"정말 그랬어요?"

은조가 옆에 앉은 쾌도비를 보면서 물었다. 지금까지 그가 호연이나 우령, 미령, 아령을 건드렸을 때에도 그저 침묵과 이해심으로 무던하게 인내하며 넘어갔었던 그녀가 보인 최초의 도발이다.

쾌도비는 이왕지사 이렇게 된 것 사실대로 말하려고 했는데 흑심녀가 또 말을 가로챘다.

"우헤헷! 도비는 술이 떡이 되어 정신을 잃은 상태였으니까 아무것도 기억하지 못할 거야!"

은조와 여자들은 쾌도비를 쳐다보다가 시선을 흑심녀 쪽으로 옮겼다.

흑심녀는 무공이나 모든 것으로 이곳에 있는 사람들에게

열세인 그녀가 유일하게 자랑할 수 있는 일이 이것이라도 되는 양 한껏 기고만장했다.

"도비가 취해서 잠든 상태에서 내가 옷을 벗기고 저 자식 음경을 주무르고 빨고 해서 단단하게 만든 다음에 잽싸게 올라가서는 그대로 넣었지. 쑤욱… 푸헤헤헤!"

중인이 놀라고 어이없는 표정으로 쳐다보자 더욱 의기양양해진 흑심녀다.

"내 팔뚝보다 훨씬 크고 굵은 게 한꺼번에 밀려들어 오면 그 기분은 해본 년만이 알……."

퍽!

"꾸엑!"

흑심녀는 끝까지 말을 잇지 못하고 돼지 멱따는 비명을 지르며 구석으로 날아가 처박혔다. 듣고 있던 고란이 그녀의 턱을 후려친 것이다.

아무도 입을 열어서 말을 하지는 않았지만 다들 고란에게 박수를 보내고 있었다.

"후우우……."

모두 고란을 주시하는 가운데 그녀는 가볍게 미간을 찌푸린 채 길게 한숨을 내쉬더니 술 한 잔을 단숨에 비우고 나서 쾌도비를 바라보았다.

"당신은 마을 수캐였군요?"

평소 같으면 있을 수도 없는 일이다. 고란이 쾌도비를 감히 개라고 지칭한 것이다. 술이, 그것도 꽤 많이 마신 술이 그녀를 용감하게 만들었다.

쾌도비는 웃지도 않고 음울하게 중얼거렸다.

"수캐가 암캐를 마다하겠느냐?"

그도 취했으므로 곱지 않게 오는 말을 곱게 받아줄 리가 없다. 아니, 평소의 그라고 해도 당연히 이런 식으로 말했을 것이다.

더구나 지금까지는 고란에게 존대를 했으나 거침없이 하대를 했다.

고란은 그녀대로 마음이 편하지 않았다. 그녀는 언젠가 만나게 될지도 모르는 자신의 정혼자가 모든 면에서, 즉 외모와 무공, 인성 등이 완벽하기를 갈망했었다.

그런 점에서 쾌도비는 합격점 이상의 수준이다. 그러나 한가지 그에게 여자가 많다는 점이 마음에 들지 않았다.

아니, 마음에 들지 않는 정도가 아니다. 어쩌면 그것이 가장 중요할지도 모른다.

외모는 조금 떨어진다거나 또 무공이 고강하지 않다고 해도 아직 혼인을 하지 않은 정갈한 남자가 훨씬 바람직하지 않겠는가.

그런데 고란이 지금까지 봐온 쾌도비는 수캐 그 이상도 이

하도 아니었다.

상전과 수하 관계인 은조와 미령이 그의 여자이며, 때로는 쾌도비와 두 여자가 함께 질펀하게 정사를 한다는 것도 고란은 알고 있었다.

그런 데다가 소요장에서 죽은 두 여자 중에서 우령이라는 여자도 쾌도비와 깊은 관계가 있다는 사실을 알게 되어 충격이 가중되었다.

그런 터에 얼마 전에는 정부인과 같은 은조의 수하 중 한 명인 아령을 또다시 건드렸다.

도대체 그는 앞에 밥상만 차려주면 마다하지 않고 무조건 먹고 보는 것 같았다.

"나는 암캐가 아니에요."

고란은 취중이지만 쾌도비를 똑바로 쏘아보면서 암팡진 어조로 말했다.

그 말이 쾌도비의 비위를 슬쩍 건드렸다. 어쩌면 아까 그가 고란의 둔부를 더듬다가 매몰차게 거절을 당한 후유증이 남아 있었는지도 모른다.

"암캐일지 아닐지는 두고 봐야지."

"흥! 당신이 무슨 수를 써도 나는 절대로 넘어가지 않을 거예요. 두고 보면 알아요."

고란의 냉소가 결국 쾌도비의 비위만이 아니라 심기마저

도 불편하게 만들었다.

"너 중원강호에 북여의 남자봉이 있다는 말을 들어본 적이 있느냐?"

반말도 한두 번 하다 보니까 자꾸 거칠어졌다. 옛말에 가루는 칠수록 고와지고 말은 할수록 거칠어진다고 했다.

고란의 도발에 대한 쾌도비의 응징은 쉽게 수그러들 것 같지 않았다.

"알아요."

"조아가 누군지 아느냐?"

쾌도비는 건방지게 턱으로 은조를 가리켰다.

고란의 시선이 흔들리듯이 은조에게 향했다가 다시 쾌도비를 쳐다보았다.

"그녀가 바로 북여의죠."

"그래 그녀가 바로 내 여자다. 너는 너 자신이 북여의보다 훌륭하다고 생각하느냐?"

은조는 무언가 이상한 방향으로 흘러간다고 생각했으나 쾌도비의 말에 한껏 동조하기 위해서 기회를 엿보고 있었다. 여자는 자고로 여필종부(女必從夫)다. 특히 은조 같은 여자는 더욱 그렇다.

쾌도비의 날카로운 물음에 고란은 쉽사리 대답하지 못했다. 사실 그녀는 은조를 굉장히 높게 평가하고 있었다. 그녀가 지금까지 살아오면서 심신으로 승복한 유일한 여자가 있다면 바로 은조였다. 그렇지만 그것을 자신의 입으로 말하고 싶지는 않았다.

하지만 그녀의 침묵은 모두에게 긍정으로 받아들여졌다. 쾌도비는 조금 도도해졌다.

"바로 그 북여의가 내 말 한마디면 무조건 복종한다는 사실을 아느냐?"

"흥! 무조건 복종은 아닐 거예요."

고란은 지지 않고 반발했다.

"흠! 그래? 그렇다면 너는 어떻게 해야지만 내 말을 믿을 수 있겠느냐?"

고란은 흑백이 또렷한 눈동자를 굴리며 골몰했다. 이것은 자신과 쾌도비의 기선을 제압하기 위한 싸움이라는 사실을 그녀도 짐작하고 있기에 결코 질 수 없었다.

"그녀가 이곳에서 나신으로 춤을 춘다면 이후 당신 말에 무조건 복종하겠어요."

고란은 그렇게 말하면서 은조가 절대로 그렇게는 못할 것이라고 확신했다.

만약 쾌도비 혼자이거나 여자들만 있다면 모르겠지만 고단군과 연무혼까지 있는 자리에서 천하의 북여의가 나신으로 춤을 춘다는 것은 절대로 상상조차 할 수 없는 일이다.

"들었느냐, 조아?"

"네."

슥—

쾌도비의 말에 기다렸다는 듯이 일말의 망설임도 없이 은조가 다소곳이 대답을 하고 일어섰다.

그녀는 취기가 올라서 얼굴이 발그레한 상태에서 자신과 쾌도비가 한 조가 되어 고란을 굴복시키고 있다는 묘한 흥분을 느끼고 있었다.

"아… 저희는 나가겠습니다……."

"오라버니! 사형!"

소스라치게 놀란 고단군과 연무혼이 벌떡 일어나서 밖으로 뛰어 나가자 고란이 다급히 소리쳤다. 하지만 두 사람은 바람처럼 밖으로 나간 후다.

사르르…….

그들이 나가든 말든 은조는 개의치 않고 옷고름을 하나씩 풀면서 옷을 벗기 시작했다.

고란은 취기가 싹 가신 해쓱한 얼굴에 경악을 가득 떠올린 채 은조와 쾌도비를 번갈아 쳐다보았다.

"쾌 랑, 추겠어요."

한 마리 은어, 아니, 대저 뭐라고 표현하기조차 어려운 절대적인 나신의 소유자 은조가 온몸으로 은은한 빛을 뿜어내면서 살며시 고개를 숙였다.

"오냐."

한껏 도도해진 쾌도비는 상체를 뒤로 젖히고 고개를 끄떡이며 흡족한 미소를 지었다.

"미령아, 노래를 불러라."

은조의 명령에 미령이 꾀꼬리 같은 목소리로 노래를 시작하자 은조가 하늘하늘 춤을 추기 시작했다.

그녀는 앉아 있는 쾌도비 주위를 맴돌면서 그에게 유혹적인 요염한 미소와 눈짓을 보내면서 몸을 비틀고 꼬고 회전하면서 춤을 추었다.

조금 전까지만 해도 눈살을 찌푸리고 있던 고란은 은조의 너무도 완벽한 나신에 홀린 듯 눈을 떼지 못했다. 그러면서 자신도 모르는 사이에 그녀의 나신과 자신의 나신을 비교하고 있었다.

"천첩도 출까요?"

미령이 노래를 부르며 이미 상의를 벗으면서 쾌도비에게 눈을 찡긋해 보였다.

"그래라."

아까부터 조심스럽게 쾌도비의 허벅지를 쓰다듬고 있던 아령도 취기와 그에 대한 충성심이 발동하여 살며시 일어나 옷을 벗고 춤 대열에 합류했다.

은조의 나신도 나신이지만 아령의 몸매를 당할 여자는 천하에 없을 터이다.

아령이 시원시원하고 쭉쭉 뻗었으며 크고 탄력 있고 멋들어진 몸을 비틀면서 춤을 추자 고란의 눈이 믿을 수 없다는 듯 한껏 커졌다.

슥—

"하하하! 마시자! 란아!"

쾌도비가 술병째 들면서 말하자 고란은 이끌리듯 술병을 들어 입으로 가져가 콸콸 쏟아부었다.

술을 마시면서 쾌도비는 선령이 자꾸 눈치를 보는 것을 발견했다. 그리고 그녀의 심중을 파악했다.

"선령, 너도 추고 싶으냐?"

상전인 은조에 이어서 여의사령의 세 명이 모두 쾌도비의 여자가 되었는데 자신만 소외된 것 같아서 내심 비참한 기분이었던 선령은 황제의 은총을 받은 듯 냉큼 대답했다.

"네!"

"추어라."

쾌도비와 동갑내기인 선령은 여의사령 중에서도 요조숙녀로 정평이 나 있는 여자다.

그녀의 용모는 우령과 은조를 섞어놓은 듯했다. 약간 까무잡잡한 살결과 양 볼에 움푹 파인 두 개의 보조개가 미소를 지으면 까무러치지 않는 사내는 비정상일 것이다.

자고로 옛말에 흑안다습(黑顔多濕), 얼굴이 검은 여자는 옥문에 물이 많다고 했다.

그리고 그곳에 물이 많은 여자는 방중술에도 일가견이 있다. 즉, 최고의 풍미를 지니고 있다.

선령이 훌훌 옷을 벗고 너울너울 춤을 추기 시작하는 모습을 보면서 쾌도비는 한 가지 사실을 깨달았다.

자신이 평소에 선령을 대하면서 언젠가 때가 되면 그녀와도 한 번 몸을 섞어봐야겠다는 생각을 이따금 한 적이 있다는 사실이었다.

"흑안다습이라……."

"뭐라고 했어요?"

많이 취한 고란이 쾌도비의 중얼거림에 눈을 깜빡거리며 바라보며 물었다.

"너도 벗고 추어라."

"……."

쾌도비의 즉흥적인 명령에 고란은 움찔했다. 취중이지만 싸늘한 찬바람이 온몸을 휩싸는 것을 느꼈다. 하지만 그것은 잠시 뿐이다.

그녀는 이미 이 방의 여자가 모두 나신이 되어 춤을 추고 있는 모습에 홀린 상태다.

또한 은조가 나신으로 춤을 추면 쾌도비 말에 무조건 복종
하겠다는 맹세를 했던 터라서 빼도 박도 못하는 형국이 되고
말았다.

"정말… 그러기를 원해요?"

고란은 착잡한 표정으로 그렇게 물으면서도 마음 한구석
으로는 쾌도비가 그러라고 다시 한 번 명령하기를 원하는 이
중적인 마음이 들었다.

술은 사람을 변화시키고 특히 성적인 면에서 평소하고는
비교도 할 수 없을 만큼 용감하게 만드는 법이다.

"그래."

"사형, 저래도 되는 것이오?"

갑판 난간가에서 강물을 바라보는 연무혼이 옆에 나란히
서 있는 고단군에게 물었다.

"멋진 사내다."

"누가? 대사형이 말이오?"

연무혼은 놀라듯 또 어이없다는 듯 물었다.

"그래. 그는 정말 내가 반할 정도로 멋진 사내다. 이럴 때
는 내가 남자인 것이 불행하게 여겨지는군."

"도대체 무슨 소린지……."

연무혼은 고개를 흔들고 나서 볼멘소리로 투덜거렸다.

"저런 색마가 멋진 사내라는 것이오?"

고단군은 빙그레 미소 지으며 연무혼을 쳐다보았다.

"대사형에게 색마라는 점을 빼면 어떠냐?"

"그야… 완벽한 사내죠."

"네가 지금까지 봐온 것으로 미루어 대사형이 방탕하든?"

"방탕이랄 것까지야……."

"대사형을 따르는 여자들이 서로 질투하고 싸우든?"

연무혼은 고단군이 무슨 말을 하려는 것인지 알 듯 모를 듯 한 표정을 지었다.

"전혀 그런 일은 없었죠."

고단군의 미소가 조금 더 짙어졌다.

"그래서 대사형이 멋진 사내라는 것이다."

"소제는 도통 무슨 소린지 모르겠소."

탁!

"너 같은 숙맥불변(菽麥不辨)이 뭘 알겠느냐? 대사형은 천 하의 모든 남자가 부러워하는 최고의 남자다. 너는 그렇게만 알고 있으면 된다."

"참나……."

이해할 것도 같고 아닌 것도 같은 연무혼은 애매한 얼굴로 고개를 흔들었다.

"사형, 제발 소제의 안계(眼界)를 넓혀주시오."

"너는 천하에서 가장 잘난 사내가 돈까지 많이 지니고 있는 것을 어찌 생각하느냐?"

"금상첨화(錦上添花)죠."

"너는 천하에서 가장 잘난 사내가 유독 여자들에게만 인기가 없는 것은 어찌 생각하느냐?"

"그거야… 당연히 어디 한 군데 이상 잘못된 팔푼이라는 생각이 들겠죠."

"바로 그런 거다."

"뭐가 말입니까?"

"천하에서 가장 멋진 대사형은 비단 돈도 많을뿐더러 여자들에게도 인기가 최고다. 그럼 되지 않았느냐?"

연무혼은 애매한 표정을 지었다.

"그런가요?"

"자고로 여자는 의복과 같으며 형제는 일신(一身)과 같다고 했느니라. 저 여자들은 의복이지만 우린 대사형의 일신 같은 존재이다."

"아아……."

연무혼은 커다란 망치로 뒤통수를 호되게 강타당한 듯한 깨달음을 얻었다.

"대사형이 뭇 여자와 즐겁게 인생을 보낸다고 해서 다른 일을 소홀히 하시겠느냐?"

"소제가 본 대사형은 그럴 분이 아니오."

"그럼 됐지 않느냐?"

"그… 그렇군요."

"오늘 밤에 란이는 대사형의 여자가 될 것이다."

"그… 럼 이제 대사형은 빼도 박도 못하는 백두파의 장문인이 되겠군요."

"그렇지."

"아아……."

"그래도 대사형을 색마라 하겠느냐?"

"아니오. 천하 최고의 사내요."

결국 연무혼은 모두 다 깨달았다.

여기 오늘 밤에 빼도 박도 못하는 신세가 돼버린 여자가 한 명 있다.

은조는 나신으로 춤을 추던 고란과 그것을 감상하고 있던 쾌도비를 싸잡아서 그의 방으로 떠밀어 넣었다.

옷을 다 입고 있는 쾌도비와 나신으로 은밀한 부위를 가린 채 실내에 서 있는 고란은 잠시 침묵을 지켰다.

"어어… 피곤하다."

털썩!

쾌도비가 침상에 몸을 던져 누우면서 괜한 소리를 내자 고란은 바싹 긴장했다.

은조가 나신으로 춤을 추기 시작했을 때부터 고란은 이미 쾌도비에게 저항하는 것을 포기한 상태였다.

그리고 그녀 스스로 나신이 되어 춤을 추었을 때 오늘 밤 자신이 그의 여자가 될 것이라는 사실을 예감했었다. 그리고 지금 그 일이 시작되려 하고 있다.

"뭘 하느냐?"

여자를 다루는데 있어서는 스스로 달인(達人)의 경지에 올랐다고 자신하는 쾌도비는 느긋하게 고란을 불렀다.

그는 이리 오라든지, 와서 무엇을 어떻게 하라는 식의 말을 하지 않았다.

그렇게 하는 것은 하수다. 여자 스스로 할 일을 찾아서 하게끔 만들고, 그 다음에는 하나씩 가르치는 것이 진정한 고수의 자세다.

지금 같은 상황을 한 번도 겪어본 적이 없는 고란으로서는 무엇을 어떻게 해야 하는지 당연히 몰라서 머뭇거리며 그를 바라보았다.

"어… 떻게 하라는 거죠?"

쾌도비는 도도하기 짝이 없으며 냉담한 그녀가 당황하는 것을 즐기고 있었다.

"이런 상황에서 머리가 빈 여자는 시키는 대로 할 것이고 생각이 있는 여자라면 알아서 할 것이다."

쾌도비가 눈을 감고 중얼거리는 것을 들으며 고란은 자신은 절대로 머리가 빈 여자가 아니라는 사실을 증명해야겠다고 다짐했다.

극심한 취기와 자신에 대한 포기는 그녀를 여자로 만들어가고 있었다.

사박사박…….

그녀는 한손으로는 젖가슴을, 다른 손으로는 음부를 가린 채 조심스럽게 쾌도비에게 다가갔다.

그렇지만 침상가에 멈춰 선 그녀는 이제부터 어떻게 해야 하는지 아무것도 알지 못해서 머뭇거렸다.

그렇지만 쾌도비는 잠이 들어버린 듯 눈을 감고 누운 채 꼼짝도 하지 않았다.

입술을 잘근잘근 깨물면서 쾌도비를 쏘아보던 고란은 결국 자포자기하고 말았다.

"그래요. 저는 머리가 빈 여자예요. 그러니까 어떻게 해야 하는지 가르쳐 주세요."

죽기보다 하기 싫은 말을 해놓고는 취중에도 괜히 눈물이 핑 돌았다.

쾌도비는 오늘 밤만큼은 황제가 되고 싶었다. 대명제국의 황제가 아니라 주지육림의 황제 말이다.

"귀찮구나. 조아."

그는 가볍게 미간을 찌푸리며 은조를 불렀다.

잠시 후에 옷을 입은 은조가 살며시 실내로 들어섰다.

"부르셨어요, 여보?"

"처음부터 어떻게 하는 것인지 가르쳐 줘라."

"네."

천하제일미녀 중 한 명인 북여의는 대답과 함께 옷을 사르르 다 벗고는 쾌도비에게 다가섰다.

고란은 설마 쾌도비가 은조를 불러서 가르치라고 할 줄은 상상도 하지 못한 터라서 눈을 동그랗게 뜨고 숨을 멈춘 채 그녀가 하는 것을 지켜보았다.

"못해요."

은조가 물러간 후에 고란은 딱 잘라서 말하고는 침상에 걸터앉았다.

쾌도비는 그럴 줄 알았다는 듯 속으로는 미소를 지었으나 겉으로는 심드렁한 표정을 지으며 눈을 떴다.

"뭘 못한다는 것이냐?"

"어떻게 그걸 입으로… 에그머니……."

그녀는 쾌도비의 하체를 보면서 말하다가, 은조에 의해서 벌거벗은 채 누워 있는, 그리고 은조에 의해서 천장을 향해 단단하게 발기하여 서 있는 음경을 발견하고는 얼른 외면하며 비명을 질렀다.

은조는 대략 열 가지 정도의 기술을 고란에게 시범을 보이고 나갔다.

그중에서 세 가지가 쾌도비의 유두나 목 따위를 애무하는 것이고 일곱 가지가 음경을 집중적으로 손이나 입을 사용하여 애무하는 방법이었다.

"하기 싫으면 나가라. 피곤해서 자야겠다."

쾌도비는 귀찮은 듯 손을 저으며 눈을 감았다. 그로선 마지막 모험이다.

눈을 감았으므로 고란이 어떤 표정을 짓고 있는지 알 수 없으나 침상이 가늘게 떨리는 것으로 미루어 그녀가 분노 혹은 수치심으로 몸을 떨고 있다는 사실을 알 수가 있었다.

이제 와서 네가 어쩌겠느냐? 하는 생각이 있는 반면에, 깐깐한 성격으로 미루어 박차고 나가 버릴 수도 있다는 생각도 들었으나 잠자코 지켜보기로 했다.

그런데 고란이 일어서는 기척이 느껴졌다. 그래서 쾌도비는 이제 틀렸구나, 라고 생각하여 어떻게 할까 망설였다.

슥…….

그때 그의 단단한 음경에 이물감이 느껴졌다. 그런데 느낌이 촉촉하고 또 음경이 어디론가 쑥 들어갔다.

고란은 일 단계에서 사 단계까지를 건너뛰고 오 단계를 곧장 실시한 것이다.

홍분이 머리 꼭대기까지 도달한 쾌도비는 더 이상 참지 못하고 고란을 쓰러뜨린 후 그녀 위에 몸을 실었다.

"아아… 천천히……."

두려움에 떠는 고란은 몸을 잔뜩 옹송그린 채 손으로 그의 가슴을 떠밀었다.

그러나 그럴수록 그의 홍분은 더욱 가중되어 당장이라도 폭발할 것만 같았다.

고란의 나신은 마치 은조와 아령을 합쳐놓은 것 같았다. 아니, 쾌도비로서는 상상해 본 적이 없는 전혀 새로운 싱싱한 몸뚱이였다.

첫째로 너무 탱탱했다. 둘째는 온몸이 촉촉했고, 셋째는 화덕 속에 들어와 있는 것처럼 뜨거웠다.

"아아……."

고란이 두 손으로 그의 가슴을 힘껏 밀어내고 있는데도 그는 그녀의 다리를 벌리고 음경을 겨냥하여 서서히 진입시키는 데 성공했다.

"하아아……."

극심한 고통 때문에 고란의 몸이 활처럼 휘어지면서 그의 가슴을 더욱 세차게 밀었다.

그러나 가슴을 밀면 하체는 더욱 전진한다는 단순한 정사의 법칙을 그녀는 모르고 있었다.

"아악!"

그녀의 열 손가락이 쾌도비의 가슴을 쥐어뜯었다.

그 순간 쾌도비는 눈을 휘둥그렇게 뜨며 놀랐다.

'뭐야, 이건…….'

이런 느낌은 난생처음이다. 고란의 옥문은, 아니, 질은 마치 살아 있는 생명체 같았다. 그래서 음경을 힘차게 잡아당기면서 쥐어짜기 시작했다.

이른바 전설로만 전해지는 수축하는 옥문의 출현이다. 그것도 쾌도비의 온몸을 온통 빨아들이는 듯한 엄청난 수축이다.

그리고 쾌도비는 잠시 후에 또 한 가지 사실을 발견하게 되었다.

"아아아… 흐아아……."

두 다리와 두 팔로 그의 몸을 칭칭 감고 미친 듯이 몸을 움직이는 고란은 은조를 비롯한 쾌도비가 알고 있는 모든 여자의 발정을 한데 모아놓은 것보다도 더 격렬하다는 사실이었다.

*　　　*　　　*

백두산의 깊디깊은 심처에 일남일녀가 당도했다. 바로 쾌도비와 고란이다.

쿠쿠쿠쿠…….

묵직하게 떨어지는 폭포의 뒤쪽에는 아무도 찾지 못할 듯한 동굴이 있으며, 두 사람은 손을 잡고 나란히 동굴 안으로 들어섰다.

"동굴이 끝나면 단단대원이에요."

고란은 어두컴컴한 동굴을 한 걸음 앞서 걸으면서 설명하다가 문득 멈춰서 뒤돌아섰다.

그녀는 잡고 있는 쾌도비의 손을 잡아당기며 고혹적인 표정을 지었다.

"여보, 우리 여기에서 한 번 하고 들어갈까요?"

"아니… 들어가서…….”

"하지 않으면 들어가지 않겠어요."

고란은 고집스러운 표정을 지었다. 바야흐로 쾌도비는 진정한 적수를 만난 것이다.

『무정도』 10권에 계속…

마 in 화산

FANTASTIC ORIENTAL HEROES

용훈 新무협 판타지 소설

**무림공적, 천살마군 염세악!
검신 한호에게 잡혀 화산에 갇힌 지 백 년.**

와신상담… 절치부심… 복수무한…

세월은 이 모든 것을 잊게 하고
세상마저 그를 잊게 만들었다.
하지만.

"허면 어르신 함자가 어찌 되시는지……."
우연한 만남, 자신도 모르게 튀어나온 원수의 이름.
"그게… 한, 한호일세."

**허무함의 끝에서 예기치 않게 꼬인 행로.
화산파 안[in]의 절세마인, 염세악의 선택!**

Book Publishing CHUNGEORAM

WWW. chungeoram.com

요람 新무협 판타지 소설
FANTASTIC ORIENTAL HEROES

국내 최대 장르문학 사이트를 휩쓴 화제작!
여름의 더위를 깨뜨리며 차가운 북방에서 그가 온다.

『귀환병사』

열다섯 나이에 북방으로 끌려갔던 사내, 진무린
십오 년의 징집을 마치고 돌아오다.

하지만 그를 기다린 것은 고아가 된 두 여동생, 어머니의 편지였다.
그리고 주어진 기연, 삼륜공……

"잃어버린 행복을 내 손으로 되찾겠다!"

진무린의 손에 들린 창이 다시금 활개친다.
그의 삶은 뜨거운 투쟁이다!

Book Publishing CHUNGEORAM

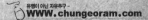

유행이 아닌 자유추구 -
WWW.chungeoram.com

이민섭 新무협 판타지 소설

죽지 못하는 자는 살지 못하는 것과 같다.
그래서 그는 스스로를 무생(無生)이라 부른다.

은퇴한 기인들의 마을. 득도촌
그곳에서 가장 기이한 자는…
은거기인들마저 놀라게 하는 한 명의 청년

"오 무엇도 궁금해하지 말 것!"

부엌칼로 태산을 가르고,
곡괭이질로 산을 뚫는 자. 무생!

흘러 들어온 남궁가의 인연으로,
죽지 못해서 살아온 그가
이제 죽기 위해 무림으로 나선다.

살지 못한 자가 비로소 살게 되었을 때
천하가 오롯이 그의 것이 되리라!

Book Publishing CHUNGEORAM

유벽이아닌 파란추구
www.chungeoram.com

FUSION FANTASTIC STORY
천성민 장편 소설

짐승의 규칙

『무결도왕』 『다크로드 블리츠』
천성민 작가의 신간!

『짐승의 규칙』

살아야만 했다.
나를 위해 희생당한 부모님을 위해.
복수를 위해.

죽여야만 했다.
내가 살기 위해 타인의 목숨을.

그렇게……
나는 짐승이 되었다.

Book Publishing CHUNGEORAM

유행이 아닌 자유추구 -
WWW.chungeoram.com

이충민 판타지 장편 소설

Mighty Warrior
영웅병사

복수를 다짐한 소년 병사.
붉은 제국을 향해 깃발을 세운다.

『영웅병사』

평온한 유년 시절을 보내던 비첼.
어느 날, 붉은 제국의 깃발 아래에 사랑하는 가족을 빼앗기고 만다.

"도끼… 도끼라면 다룰 줄 압니다."

병사가 되고자 참가한 전쟁에서 소년은 점점 영웅이 되어 간다!

쓰러져가는 아버지의 등을 억하며,
아직 어린 소년으로서 도끼를 들고 붉은 제국과 싸우 위해 일어선다.

제국과의 전쟁에 스스로 뛰어든 소년,
병사, 비첼 악센트.
이것이 영웅 탄생의 시작이다!

Book Publishing CHUNGEORAM

영원히 아쉬운 자유추구
WWW.chungeoram.com